なでしこの記憶

坪井 聖
TSUBOI SATOSHI

幻冬舎MC

なでしこの記憶

シラー

このままでいいなんて、思っていない。でも、何もする気にならない。目的もわからず、当て所なく彷徨《さまよ》っている。そんな感覚。中学の卒業式を迎える朝も、それは変わらない。でも、抗う術がわからない。日常は、今日も汽笛を上げる。時間は、待ってくれない。

定刻に目覚め、寒気の立つほど整然とした室内を、気のない顔で見渡す。居丈高に何かを命令したそうな鉛筆とスケッチブックが、いつもと変わらず机上に横たわっている。

ドアの僅かな隙間から運ばれる味噌汁の匂いが鼻腔をくすぐり、軽くなった体を動かす。ゆっくりベッドから離れる。窓外を見れば花笑みの季節。背を向け、部屋を出た。

洗面所でしばらく呆然と立ち、鏡に映る生気の欠けた顔を直視する。無感情のまま洗顔して、無地のタオルに顔を押し付ける。締め付けの弱い蛇口から漏れ出る、切れの悪い水音が耳立つ。短く溜息を吐いて、僕は蛇口を締め直した。

椅子のクッションが磁力を帯びているかのように、意思を置き去りにしてリビングの椅子に座る。味噌汁の中の細切りにされた絹豆腐が、艶やかに白色を煌めかせている。僕の停滞した感情を、嘲笑っているのだろうか。

「颯斗、高校では何か部活をやるのかい？」

節榑《ふしくれ》立った手に付いた水滴を拭きながら、台所に立つ祖母が話しかけてきた。

「やらないよ。ばあちゃんもわかってるでしょ？」

少しの間が、室内に微かな緊張を生む。

「うん。わかっとる」

「あの絵も外していいんだからね」

「何を言うか。あれはばあちゃんの宝物だよ。あんたからもらったんだから、私のもん」

僕が小学六年生の時に描いた、祖母の似顔絵だ。額縁の節々は褪色し、時の経過の残酷性を如実に示している。

「わかってるけど……」

真意を覗かせようと声色を変えてみても、祖母は意に介さない。

「颯斗、絵はもう描かんのか？」

リビングの静寂を、窓外から聞こえる小鳥の麗らかな囀りが和ませる。

「もう描かないよ。描く意味もないんだから」

そう。もう描く意味はない。病床の母が喜ぶから。ただそのために、描いていただけだ。

自分で言うのは烏滸《おこ》がましいが、絵の才能はあったのだと思う。年齢制限のないコンクールで賞をいくつも取り、天才とかゴッホの再来とか、安い異名で雑誌に特集されたことも何度かあった。

　母は塗り絵が好きで、それを真似し始めたことがきっかけだった。母の入院が当たり前になってから、見舞いのために病室へ訪れる機会が増えた。複数の入院患者と共同の病室で、母と向かいの患者の間、窓辺に置かれ日の光をその身に受ける一輪の撫子の花が、僕の興味を強烈に惹いたことを克明に覚えている。

「颯斗、撫子の花はね、色によって花言葉が違うの」

「はなことば？」

「そう。お花は颯斗と同じで、みんな感情を持っているの。色によって違うのよ」

「へー！　母さんは、何色のなでしこが好きなの？」

「ピンク色の撫子が好きなの。颯斗の笑顔を思い出すからね」

「ええ！　なんで？　ピンクのなでしこは、どんな感情を持ってるの？」

「んー。恥ずかしいから内緒！　いつか自分で調べてみて」

「えー！」

　いつかの記憶が、頭の中で蘇る。母さん、なんだか怖くてさ、調べてないいんだ。意味を調べたら、もっと鮮明にあの時の記憶が、母さんの痩せ細った体が、いろんな思い出したくない記憶が、一緒に掘り起こされてしまいそうだから。

　撫子の花は、向かいの患者のご家族が生けた花だった。その花を目と頭で記憶し、ある日僕は撫子の絵を描き上げた。母は涙を流すほどに喜んだ。それだけで満足だったけれど、その絵はあっという間に病院中の噂の種となり、高揚した祖母の協力もあって、撫子の絵はコンクールに出品された。後は先述した通り、賞を多く取り、母が亡くなってから、全く絵を描かなくなった今に至る。

祖母は淋しげな面持ちで力なく呟いた。「そうかい」と。

「ああ颯斗。卒業式だから、今日だけはちゃんと制服はピシッとしなっまらんで」

「わかってるよ。でもほんとに苦手なんだよね。特にループタイ。そもそもこの時代にループタイって気乗りしないし、あんな首を締め付けられる行為を自らに課すなんて、正気の沙汰とは思えないね」

「はっは！　面白い言い回しをしよる」

祖母は豪快に笑った。

「高校はネクタイ必須みたいだから、もしかしたら先生からネクタイの締め方で、注意の電話くるかも。だから、ばあちゃんには迷惑かけるかもしれない。先に謝っとく」

祖母はまだ大笑いを続けている。

「その時は啖呵切ったるわ。それが孫のいい個性なんだって」

「何だそれ。孫も孫なら、祖母も祖母だなって呆れられるよ」

すっかり上機嫌になった祖母に味噌汁のお礼を言ってから、僕は部屋に戻って支度をした。

卒業式という飾りを得た学校への道は、日々の情景とやや違った。かといって僕の心が晴れやかになったり、一挙手一投足が変化することはないけれど。

登校中、友達にひっきりなしに話しかけられた。いじめを受けているわけでもないし、学校に馴染めていないことも全くない。むしろ、友達と毎日笑って話して過ごす日々は、誰が見ても恵まれている。でも感情だけが、母が亡くなった日から、絵を描かなくなった日から、ずっと停滞している。

校門前には、学校名と卒業式の文字が仰々しく書かれた立て看板がある。その前には、家族と一緒に写真を撮る人の群れ。多幸感で満たされていますと言わんばかりに口角を上げる同級生を左目の端で捉えながら、僕は足早に下駄箱まで向かった。なんとなく、混ざる気分になれない。

校門前で群れる同級生が大半であったためか、これから華々しい卒業式が執り行われる学校とは思えないほど、昇降口は不気味に静まり返っていた。纏わりつく澱んだ空気を振り払うように、左手にある階段を駆け上がる。

教室には既に数人同級生がいて、黒板には担任の松本先生が書いた、〝みんな！　卒業おめでとう！〟という文字と、花や星の絵が描かれている。

いい絵だ。黒板の前で腕を組みながら、満足気に鼻孔を膨らます松本先生を見るに、力作なんだと思う。いつにも増して、彼のパンチパーマが陽気に踊り狂っている気がする。昇降口の澱んだ空気に若干の不安を覚えていた矢先だったからか、その先生の姿に安息を感じながら、僕は席についた。

卒業式の大まかな説明を松本先生から受けると、式開始の二十分前までは自由時間になった。

「よっ颯斗！」

話しかけてきたのは、幼馴染で親友の皆木和也だ。スポーツ万能で学業の成績もトップクラス。バスケ部の主将で、先生や同級生からの人気も高い。家が近く幼稚園も一緒だった。腐れ縁というやつだ。

「何だよ和也。学級委員なんだから、式の段取りとか忙しいんじゃないの？」

「いやいや、卒業式は俺たちが主役なんだから、そんなのないよ。先生から体育館までの誘導はお願いされたけど、それだけ。それよりさ、お前高校では何か部活に入んの？　そろそろさ、また絵描いたらどうよ？」

僕は帰宅部だ。美術部から再三勧誘を受けたけれど、その度に断った。

「和也……。もう俺は描かないって。お前が一番よくわかってるだろ？」

今朝の会話の再生に若干呆れながら、不快感の伝わるような態度で気乗り薄に答えた。和也は目の前の席の椅子を引くと、嫌味を持たない短い溜息を漏らして、笠木に顎を乗せ、正対して僕を見つめた。黒縁メガネのフレームの中で、昔から変わらない清らかな瞳が動かず鎮座している。

「わかってるけど、高校までずっと何もしないわけにはいかないだろ？」

「みんな和也みたいに、夢中になれるものがあるわけじゃないよ。何もしないことに幸せを感じる人だっている。経営者みたいに仕事に心血を注ぐ人もいれば、趣味に夢中になって幸せを見つける人もいる。人それぞれ」

屁理屈を並べて机上に広げている自覚はあるけれど、本音ではある。

「颯斗。皆木和也は、お前が夢中になっているものを知ってるよ」

フルネームを会話の中に入れると、なぜこうもその人の存在感の割合が頭の中で跳ね上がるのだろう。和也はよくこの手法を使うけれど、毎回返答に困る自分の力量の低さを許せない。会話の接ぎ穂をいじり、無理矢理方向を変えることしかできない。

「じゃあ、和也は高校の部活は何にするんだよ」

「いや、それこそ颯斗が一番よくわかってるだろ。バスケに決まってる」

「なんでそんなにバスケに熱中できるんだよ」

僕の質問に窮するかと思ったが、和也は間髪入れずに答えた。

「そりゃあやっぱり、いいプレーしたら女の子がかっこいい！って言って喜んでくれるからかなあ」

「は？　何だよその単純で煩悩だらけの不純な理由は！」

「言い方ウケる！　でも失礼だなあ。颯斗だってわかるだろ？　男なんて、女の子にカッコつけてなんぼじゃんか」

「いや、一緒にすんな。俺はどうでもいい。そんなこと」

刹那の沈黙が流れ、僕と和也はくすくすと笑い出す。真剣な話をしていても、いつもどちらかがくだらない方向へ話を向かわせる。これは小さい頃から何も変わらない。

「あ、颯斗。そういや今日の午後空いてる？　卒業式終わった後」

「うん。もちろん空いてますとも」

「よかった！　小学生の時、よく帰り途中に寄ってた花屋さん覚えてるか？」

和也の嬉々とした表情につられてか、跳ねているような陽気な空気が周りに生まれた。

「柏木さんの花屋でしょ？　あそこは忘れないよ。よく一緒に店の手伝いもしてたし」

「そうそう！　卒業式終わったらさ、久しぶりに行こうぜ」

「いいじゃんか。中学の思い出を語りながら、エモくなろうの会ってことで」

「は？　なんで急に」

「いや、意味わからん」

いいじゃんいいじゃんと、和也は連呼する。体を揺すられながら、僕は「わかったって」と、渋々了承した。

「おい皆木！　ちょっといいか？」

「あ、はい！」

わざとらしく眉をひそめる僕の表情を無視して、和也は意地悪い笑みを浮かべながら、先生の元へ走った。

ハーデンベルギア

卒業式は滞りなく進み、最後は校歌を合唱して、中学生活に幕を下ろした。いくら思い出を頭の中で見ようとしたところで、淡く、輪郭がぼやけ浮動しているそれらを、なんとか掴んでも手の中で溶けていくだけだった。

いい記憶はある。でもなんだか、充実感を欠いている気がする。豪奢な卒業式の飾り付けと、会場を覆う紅白の幔幕《まんまく》の醸し出す非日常感が、虚無感をさらに増長させる。帰宅部ではあったけれど、昼休み中の友達との談笑とか、炭酸飲料を昇降口で買って、みんなで騒ぎながら帰った日々もいい記憶だ。でも思い出すと、急にその記憶が霞がかかったように朧げになる。理由はわからない。なんでこうも、心地よくないのだろう。

和也のように自分も何かに打ち込めば、今の状況が変わったのだろうか。校歌を無感情で歌う自分を、変えることができたのだろうか。過去現在未来を慮ってみても、全く答えは出そうにない。高校生活でも、こんな日々が続くのだろうか。どれだけ考えても、未来への不安に思考が帰結するから、僕は考えることをやめた。

体育館の外では、両親と抱擁を交わしたり、両親に見守られながら、友人同士で未来への大志を語り合っている同級生がほとんどだった。家族同士の井戸端会議も、そこかしこで開催されていた。友達とはさっきまで会話に花を咲かせていたけれど、この瞬間は違う。社会の連関から外れた今の自分を憐れみながら、僕はしばらく目の前の情景を体育館の端から眺めていた。

独りよがりな鬱積を抱えながら、僕はそそくさと教室に戻り、余白の目立つリュックに卒業証書を乱暴に入れ、先生に三年間のお礼を言って、足早に教室を出た。

父は僕が幼い時に、交通事故で亡くなった。母は癌で亡くなった。父はわけあって親族とは関係が悪かったから、残った親族は、母方の祖母だけだ。祖母には感謝しかないけれど、こういったイベントがある時は、あからさまに社会からつまみ出されている気がして、自分の環境を呪ってしまう。そんな自分も嫌だった。歩きながら、変化のないアスファルトの映像が、俯く僕の目の中で上から下に動いていた。

「おい！　颯斗！　待てってば！」

いつの間にか、家の近くまで来ていた。息遣いを荒くした和也が、勢いよく走ってくる。

「どうしたんだよ和也、そんなに息切らして」

「お前……。今日の帰り、あの花屋に一緒に行こうって約束したじゃんか！」

しまった。すっかり忘れていた。どんなごまかしをしても事実は変わらないので、僕は正直に話した。

「ああ、そうだった。悪い。忘れてた」

「勘弁しろよな……。教室戻ったら颯斗は帰ったって聞いて、慌てて走ってきたんだぞ」

「まじでごめん……。悪かったって」

「あれ？　てか、颯斗目赤くない？」

「え、そうかな？」

「……。いやなんでもない！　うし！　そんじゃ行くか！」

踵を返して、二人で駅に向かった。少し、視界が明るくなった。


僕と和也が利用する最寄駅、煉瓦町駅に着くと、まだ僅かな冷気の漂う三月の澄み渡る空気が、頬を優しく撫でてくれた。煉瓦町駅の改札を出て右に曲がると、昔は流行の最先端を走っていたショッピングストリートがある。白銀色の舗道は太陽に照らされ、アコヤ真珠が敷き詰められているかのように煌めいている。

隣の駅の再開発が進み、今の流行を存分に取り入れた商業施設が多く建設されたことで、ここのショッピングストリートから賑わいは一時期遠のいた。時代の攻撃だ。

しかしこの舗道の煌めきと、軒を連ねる西洋風の店が醸し出すレトロな風合いは、文明開化の名残を覚えることから、SNS映えすると若者の間で好印象が伝播され、今では活気が戻り始めている。心地のよい喧騒に耳を傾けながら進むと、右手に二階建ての小洒落た文具店が顔を出す。東京、銀座に本店を構える店の支店であり、左団扇で暮らしていそうな貴族風の身なりのマダムが、多く出入りしている。

　文具店手前を右に曲がると、飲食店が数店並ぶ裏路地に出る。そこから道なりに進み、姉妹が切り盛りするパン屋をさらに右に曲がると、哀愁を帯びた風の流れる外国人墓地が現れ、側に豪邸の並び立つ厳かな白い階段が待ち受けている。

　階段を上り切ると閑静な住宅街が眼前に広がり、その一隅に大きな庭を控える西洋風の住宅兼花屋がある。柏木敏成さんは、妻に先立たれてからこの花屋を継ぎ、一人で切り盛りしていた。

「颯斗、ここに来るのもかなり久しぶりだけど、変わんないな」

「確かに。なんでこんなに落ち着くんだろうな、ここは」

　店名の〝なでこ〟と、〝柏木〟という文字の書かれた大小二つの丸みを帯びた表札が、強い存在感を放ちながら外壁に打ち付けられている。

　小さな門をくぐると、両端には色とりどりの花が咲き誇り、芳醇な香りを清らかな空気に混ぜていた。自然から受けた恩寵の全てを凝縮したような、濃厚なその香りを鼻から吸い込んで、体中に巡らせながら歩く。今は僕たち以外に、客はいないみたいだ。

　ツタが寄り添う煉瓦造りの家。花屋として利用する大きなコンサバトリーに、日の光が数本差し込んでいる。

小学校が近く、花屋の前が通学路だったため、以前僕と和也はよくここを訪れていた。その頃から一人で重労働する店主の柏木さんを見かねて、和也と一緒に遊びがてら手伝いをしていたけれど、実は和也には内緒で僕一人でもよく来ていた。その理由は、この花屋の最大の売りである撫子の花だ。

花弁は穏やかに裂けていて、その先端は力強く逆立ちをしている。茎は細く直立して、敵意のない微風《そよかぜ》にすらその身を委ねることはなく、凛としているその姿は、清廉な人がそこに立っているかのようだった。

季節になるといつも店の最前に陳列されていることと、柏木さんのエプロンが撫子の花柄模様であることから、彼の思い入れが強いことは容易に見てとれた。今思えば、僕が母の病室にあった撫子の花に興味を惹かれたのは、この店の撫子をとても気に入っていたからだと思う。でも、来てみてわかった。今この花屋を訪れるということは、心の中の何かが暗澹と蠢《うごめ》いて、僕の心を痛めつけてくる要因になると。

「颯斗、絵を止めたのは、お母さんのことを思い出すからか？」

和也は目を合わさず、落ち着いた声色で問いかけてきた。和也にはお見通しらしい。

「うん。元々母さんに喜んでもらうためだったし、描く意味もないからな」

何かを言いかけて、和也は言葉を止めた。そして少し上を向いてから、また視線を前に戻した。

「そうかなあ。めっちゃ楽しそうにいつも描いてて、お母さんのためだけには見えなかったけど」

「……」

僕の触れられたくない部分を見透かしていて、でも和也は執拗に言わない。それがありがたくもあり、申し訳なくもある。思えば、これまでの学校生活は、何度も和也の存在に助けられていたと思う。高校からは、それがない。不安が湧き上がる。

「ごめん！　まあ、無理にやる必要はないわな。それにしても、ここの撫子の花は変わらないな。少し季節には早い気もするけど、相変わらず一番目立つ場所に並べてある」

確かにほとんど昔と変わらない。ただ一つ、大きく変わった点がある。まだ和也は気づいていなかったけれど、柏木さんと同じエプロンを着た見知らぬ女の子が、店の前で作業に精を出していた。見たところ、僕たちと年齢は大差ないと思う。

額は汗ばみ、髪先に伝うその水滴は艶を放っていた。バケツを店裏に片付け、再び店頭に戻ってきたと思ったら、少し屈んで花の匂いを嗅ぎ、朗らかで、ただどこか寂しさを含んだ微笑を顔に浮かべた。満足げに鼻孔を膨らませ、側にあった肥料を勢いよく持ち上げ、それをまた裏に運んでいく。彼女はショートカットの髪を揺らし、白い肌を燃やしていた。

突然あほうになった僕の目は制御を失い、何かの力が彼女への視線を固定して動かすことすら許さなかった。断じて、一目惚れとかそういった類の甘い幻想によるものではない。けれど、理由はわからなかった。

「あれ？　知らない女の子がいるな。店の手伝いしてるみたいだけど、柏木さんの娘？にしては全く似てないなあ。なあ？　どう思う？　颯斗」

「……」

「颯斗？　聞いてる？」

「あ、ああごめん。なんて？」

「何だよ急にぼーっとして。あの女の子見えるだろ？　あんな子、前はいなかったよな。柏木さんの娘にしては、遺伝子からして全く似てない気がするし」

和也の言う通り、確かに全く似ていない。遠目から見ても、彼女は誰からも美人と評されることは明白だった。錦糸のような白い肌も、柔和な表情も、それを支える整った顔立ちも、柏木さんとは似ても似つかない。こう思っていると、どこか柏木さんに失礼な気はするけれど、それは触れないでおく。

「同感。初めて見た。小学生の頃は見なかったし、行かなくなった中学時代に生まれた娘？」

「馬鹿たれ。だったら目の前の子は三ちゃいとか四ちゃいか？」

和也の不意の赤ちゃん言葉に、僕は思わず吹き出した。

「いや、一ちゃいかもしれない」

「やかましいわ！　にしても可愛い子だなあ。ありゃあクラスでモテモテと見た」

「和也には、エベレストより高い高嶺の花だな、あの子は」

「バカにすんな！　どんな山でも制覇するから、俺は。学級委員長舐めんなよ」

「お前の中で学級委員長の地位はどんだけ高いんだよ」

「ははっ！　まあそんなことは置いといて、よし！　話しかけに行くか」

僕たちの認知と視線の接近に気づき、その子は清浄な瞳をこちらに向けた。適切な言動の選択に苦慮する僕を置いて、和也がその子に話しかける。

「どうも！　皆木和也って言います。あ、こっちは親友の矢崎颯斗です！　君はっ……」

ガッシャン！

和也の声を遮るように、僕らの耳と周りの空気を劈《つんざ》く爆音が、辺りの全てに振動を伝えた。

手に持っていたシャベルの数個入れられたバケツが、その子の手から滑り落ちていた。

驚く僕らとは対照的に、その子は目を瞠って僕から視線を外さない。目の前で起きている出来事の要因の不明瞭さに、僕は激しく動揺した。初対面である女の子に対し、何か粗相でもしてしまったのだろうか。あるはずもない疑念が頭の中を駆け回るけれど、やはり皆目見当もつかない。

「だ、大丈夫？　颯斗もだけど……」

和也がこの沈黙を破り、心に僅かな余裕を生んだけれど、それでも僕は声を出せなかった。

「ああ！　ごめんなさいごめんなさい！　私うっかり……。何か物とか当たらなかったですよね？　お怪我とかあったら……」

先ほどまでの、獲物を狙う獅子のような彼女の静けさの余韻はどこかに消えていて、大げさな身振りでその子は慌てふためいた。その身振りから生まれる微風が、ショートカットの髪を内側から浮かす。

和也の言う通り、性別問わず羨まれる端正な顔立ちで、潤いがある薄い唇を輝かせ、細身で白い肌を日光に反射させていた。しかしその美しさに反して、清楚とは無縁のお転婆な性格であることが、その身振りから簡単にわかった。失礼だけど。

そして心中の糸が解れたのか、僕はようやく声を出すことができた。

「いや、俺たちは大丈夫。なあ和也？」

「ああ！　全く問題ないよ！　急に知らないやつから話しかけられたらびっくりするよね。ごめんね」

僕たちの言葉に安堵したのか、「よかったあ」と、聞こえるか聞こえないかの声でその子は呟く。

「それにしても、なんであんなに颯斗をじっと見てたの？　もしかして知り合い？」

和也の質問。その答えは、暗に僕を侮辱する発言の全力投球だった。

「あ、すみません……。いやなんか辛気臭い顔してる人がいるなあって、じっと見ちゃいました！」

てへへ、みたいな顔をしているけれど、失礼すぎる。少し気合いを入れて、僕は反論する。

「いや、初対面でひどくない？　その言い方。君だってほっぺに土がついてて、変な感じだよ？」

「え？」

その子は頰を拭う。少し赤面して、僕を睨む。

「そういうのはこっそり言うもんですよ？　デリカシーなさ男さん」

「はあ？」

確信できる。この出会いは忘れないと思う。もちろん、嫌な記憶として。

「やめい！　なんで初対面で言い合いなんてできるんだよ」

「だってこいつ（この人）が！」

僕と彼女の視線はぶつかり、そして勢いよく互いに顔を逸らした。反省の欠片も差し出さないその子に向かって、また捲し立ててしまいそうな自分を、僕はなんとか蓋をして押さえ込んだ。和也が僕とその子を交互に見て、少し呆れた顔で話を繫ぐ。

「まあいいや……。それで君、名前を聞いてもいいかな？　あ、さっきの会話で埋もれたと思うからもう一回言うけど、俺は皆木和也で、こっちは矢崎颯斗ね」

「あっ。すみません挨拶していなくて……。私は小花あかりです！　小さい花と書いて〝こはな〟です」

容姿的にも、この場の環境から考えてもピッタリな苗字だと納得した自分が、なぜか許せなかった。

「小花あかりちゃんか！　いい名前だね！　ちなみにここには小さい時からいたの？　俺も颯斗も、小学生の時よくこの花屋に来ててさ。でも小花さんを見たことないなあって」

「お二人と同じです。小さい時によくここに来て、柏木さんにお世話になったんですよ。私もそれなりに大きくなって力もついたので、中学生になってからはお手伝いをさせてもらってるんです」

小花あかりは、いつの間にか周りの片付けを始めていた。さっきまでの快活さが嘘のように、極めて穏やかな言動だった。感情の起伏が激しいタイプなのか、元々子供のような性格をしているからなのか、僕は目の前の女の子の正体を掴めずにいた。なぜだか心に引っかかりを感じる。元気であるのに、なぜ暗い寂しさを感じるのだろう。

「そうだったんだ！　俺と颯斗もたまに手伝ったりしてたんだ！　ちなみに失礼かもだけど歳はいくつ？　俺たちとそんなに変わらない感じに見えるんだけど。合ってるかな？」

「私は十五歳です！　今年の四月から高校生になります」

「え！　じゃあやっぱり俺たちと同い年じゃんか！　なあ颯斗？」

「あ、うん。でも中学で見たことないけど、俺と和也と同じ横西台中学じゃないよね？」

小花あかりはまた、快活な態度に戻った。

「はい！　あ、同い年だから敬語使わなくていいのか」

あははっ！と、小花あかりは笑う。彼女が笑うと、周りの空気が晴々とする。その笑いに呼応するように、風が周りの花弁を揺らす。

「はは、そうだよ。タメ語でいいよ」

笑うつもりは毛頭なかったけれど、僕も小花あかりにつられたのか、自然と笑みが溢れ落ちた。いい感じやん。そう呟く和也の声。意地悪な表情を浮かべていることは、見なくてもわかるし腹が立つので、あえて無視した。

「タメ語でいくね！　そうなの、私は隣町の横西中学に通ってたの。ここの近くの坂を下ると鴨ヶ谷っていうバス停があるの知ってる？　その大通りの向かいに住んでるの。ちょうどその辺が通学区域の境目だから、横西中学に通ってたってわけで。距離的には二人と同じ横西台の方が近いんだけどね」

「なるほどねえ。でもあかりちゃんが横西台じゃなくてよかったかも。もしそうだったら颯斗と毎回喧嘩して、仲裁する俺の心も体ももたない気がする」

会ったばかりの同級生に、何の違和感もなく下の名前、しかもちゃん付けで呼ぶことができる和也の能力を羨ましく思いつつ、まだ小花あかりに対する憤りが、心の奔流に熱を与えて沸騰している気がした。

「おや、随分と若いお客様が来たね」

三人で話していると、騒々しい声を聞きつけてか、奥から白髪混じりの男性が出てきた。

柔和な微笑を湛えながらも、どこか冬枯れのもの寂しい風景を思わせる雰囲気だった。

　当時より白髪は増え、少し痩せた様子ではあるけれど、店主の柏木さんであることはすぐにわかった。元々ホリが深く、柔和な笑みがなければ威厳を感じさせる相貌だったから、より渋みが増して、いわゆるイケてる親父になっていた。

「ああ！　柏木さん！　俺たちのこと覚えてませんか？　皆木和也と、こっちは矢崎颯斗です。小さい頃、よくこのお店の手伝いとかもさせてもらってたんですけど」

　和也が尋ねると、柏木さんは目を大きく開いた。真剣な顔をされると、少し怖い。

「おお！　和也くんと颯斗くんか！　なんとまあ大きくなって……。特に颯斗くん！　子供の頃から端正な顔立ちをしていたけど、よりイケメンになったじゃないか」

「ちょっと柏木さん！　俺は？」

　わざとらしく返答に困った顔をする柏木さん。和也の消沈した顔を見て、三人で笑った。

　オレンジ色の夕日が室内に差し込む。温和な空気が室内に生まれる。しばらくの間、小花あかりを交えて四人で談笑した。

「あ！　やべっ。颯斗悪い！　俺、この後家族で飯食べる予定でさ、みんなとの会話が楽しすぎて、時間忘れてた」

　和也の家は、入学や卒業、祝い事があると家族みんなで食事をする。少し、羨ましい。

「ＯＫ。じゃあ俺も今日はこれで帰ろうかな」

「二人ともお帰りかい？　今日は本当によく来てくれたね。颯斗くん。和也くん。また是非来てください。今度はみんなでお茶でもしよう」

「おお！　嬉しいな颯斗！　柏木さんのお茶と芋羊羹！　最高に美味しいもん！」

柏木さんは昔、僕たちが遊びに来ると、その度にお茶と芋羊羹をご馳走してくれた。若い頃に茶道を嗜んでいたという柏木さんが入れるお茶は、苦みはあるけれど、どこか心が落ち着く不思議な効能があって、僕も和也も大好きだった。

「うん！　柏木さん、また来ます。今度はお店もお手伝いしますね」

「ありがとう！　またのご来店を、首を長くしてお待ちしてるよ」

「ありがとうございました！」

和也と一緒にお礼を済ませると、僕たちはそそくさと帰路に着いた。しかし、外国人墓地の横の階段を半ばまで駆け降りた所で、溌剌とした声が僕たちの後ろ髪を掴んだ。

「矢崎颯斗くん！」

たくさんの人に問いたい。人の往来する場所で、フルネームを叫ばれ呼び止められる経験のある人はいますか？　なかなかの少数派だと思う。和也と一緒に驚いて振り返ると、小花あかりが駆け足で向かってくる。手に握られた一輪のピンク色の撫子の花が、急く足音に煽られ、困惑して目を回しているように見えた。

ふーっと、僕たちの目の前で立ち止まると、小花あかりはまたその元気な声で空気を劈く。

「君！　矢崎颯斗くんは人生つまんなそうな顔してるから、この花をあげる。少しは元気出しなさい！　モテないよ！」

「はあ？　なんてしつれ……」

「まあまあ！　あかりちゃんありがとう！　確かに颯斗はここ数年ずっと根暗な感じでさあ。助かるよ！　ほい颯斗、綺麗な花だからもらっとけ、じゃあ行くぞ！　あかりちゃんまたね」

「ちょっ、待てよ和也！　あいつ失礼すぎっ」

有無を言わせないためか、和也は僕の腕を強く引っ張り、無理矢理その場を後にした。

「痛いって和也！　なんで止めたんだよ」

「お前なあ、止めないとまたあかりちゃんと喧嘩し始めるだろ？　勘弁してくれよ。仲裁者の身にもなれ」

「確かに……。ごめん。でも和也。一つはっきりとわかったことがある」

「ん？　何？」

「俺は、小花あかりがめちゃくちゃ嫌いだ」

和也は吹き出した。僕の右手には、ピンク色の撫子の花が静かに佇んでいた。

タンポポ

街は四月を迎える。僕は紺色の学生バッグに必要なものを押し込み、慣れない手つきで制服のネクタイを締めた。ワイシャツの第一ボタンを留めるか留めないか、最後まで悩んだ結果留めることにした。留めていなかったことを教師から指摘され、祖母に連絡がいくことがあっては敵わない。周りからの評判が悪くなさそうな、伝統を重んじる私立校に入ったことを早くも後悔しながら、僕は小さく諦め混じりの鼻息を漏らした。

「颯斗、入るよ」

祖母は普段ちゃらけているが、その相貌は傍目から見れば年齢に負けず劣らずの張りと整い具合で、柔和な雰囲気と相まって孫から見ても気品を感じる。

「どうしたの？　ばあちゃん。階段危ないから、あんまり無理しちゃダメだよ」

「可愛い孫の晴れ姿を早く見たかったんよ。どうだい？　新生活の朝は」

祖母の体から、仄かに線香の香りがする。

「新生活かぁ。いつもとそんなに変わらないよ。高校生になったってだけ」

「そうかい？　最近あんたの顔色、かなり良くなった気がしてる。何かいいことでもあったんかい？」

「顔色って……。俺そんなに毎日顔色悪い？　何もないよ」

そうかい、そうかいと頷く祖母の背後から、ドアの隙間風に乗る味噌汁の匂いが届けられ、僕の鼻腔を撫でた。

「ばあちゃん。挨拶するね」

祖母は黙って、朗らかな表情で頷いた。洗面所の隣、元は祖父が書斎として利用していた部屋に祖父と両親の仏壇がある。祖母は毎日線香をあげ、仏壇の前で南無妙法蓮華経を唱えている。

今日は僕の入学式だからか、両親の好物である芋饅頭と、祖父の好みの日本酒が供えられていた。荘厳《しょうごん》されたこの仏壇の前に座ると、いつも安堵感を覚える。

リンを鳴らし、手を合わせる。両親に入学式であることはもちろん、祖母や和也、自分の大事な人をどうかこれからも見守っていてほしい。そう心で伝えた。

「芋饅頭、じいちゃんと三人で、話しながら仲良く食べてるかな？」

「きっと食べとる。食べすぎて、喋りすぎて、喉詰まらせてるかもしれんな」

僕は少し笑って、気づかれないように左目をさっと擦った。

「よし。じゃあばあちゃん。行ってくる」

「ああ。気をつけて行っておいで」

新生活あるあるだろうか。初日の扉を開けた時、異世界に来たような未知の空気を感じるのは。家の前の道を往来する人たちも、今日はどこか違う気がする。新調したと思われる光沢を帯びたスーツのフロントカットをはためかせ、眼前を忙しなく過ぎる社会人。欠伸を隠さず、のそりのそりと歩く数人の学生。一際濃い影を側に落とし、俯きながら歩く見慣れない男の子。矯めつ眇めつ眺めていると、様々な時の流れと、押し込まれたそれぞれの本音をそこに感じた。

僕はどれに当てはまるのだろう。欠伸を隠さずのそりと歩を進める学生だろうか。高校生活の始まりという、人にとっては人生の岐路と言うべき一大イベントにもかかわらず、格別に胸躍る感情は湧き起こらない。今日から、よき理解者である和也も側にいない。新しい人間関係の構築が煩わしいという、強がりな不安は脳裏にこびりついているけれど、それも時の経過が解決してくれるように思う。たぶん。

最寄り駅に着くと、券売機前の柱に寄りかかる見慣れた人影を認めた。目を疑う自分をよそに、その相手は会話を始める。

「よ！　颯斗！　おせーよ。結構待ったんだぞ」

「は……？　和也なんで？」

「なんでって、今日から新生活の始まりだろ？　それに学生はだいたい朝のこの時間帯に登校するだろ」

「いやそうじゃなくて、なんで俺と同じ制服着てんだ？」

自身と同じ学生ブレザーを着ている和也を凝視しても、目の前の状況の理解が追いつかない。僕と和也の違いは、ネイビーのカーディガンを着ているか着ていないかだけだ。和也は中学の時から、カーディガンを愛用していた。

「だからなんでって、お前と一緒の高校に入学したからに決まってんだろ」

「決まってねーよ！　そんで聞いてなかったよ！　和也だったらもうちょい上の公立校とか、いくらでも選択肢あったろ」

この会話の虚実の輪郭すら掴めず、夢を見ているとしか思えなかった。

「元から颯斗と同じ高校に行くつもりだったよ。てか、お前もう少し親友の動向に興味持てよな。結局あかりちゃんに会ったあの日まで、お前一回も俺にどの高校行くのか聞かなかったろ？　ああ！　俺は寂しかったなぁ！」

「いや、和也は当然、大安なんかより大学進学に有利なとこ、行くと思ったから」

「ああショックだった！　ひでぇやつだ。しかも若干、大安高校にも失礼だし」

和也はわざとらしく両手を頭の後ろに回し、上を仰ぎ見ながら、少しニヤつきながら僕を煽る。

「悪かったって……」

「冗談冗談！　んじゃあ行こうぜ。あ、颯斗」

「ん？」

「これからもよろしくな」

「うん。まあまあ嬉しいよ。和也と一緒の高校で」

「まあまあって何だよ！」

僕は思わず微笑をこぼす。和也が僕と同じ高校を選んで入学する理由は理解できなかったけれど、強がりな不安を少し捲《めく》ってもらえた気がした。

僕たちが通う高校は、神奈川県内にある私立、大安高校。そこまでレベルが高い高校ではないことと、授業料免除の特待生制度を設けていたこともあり、祖母の勧めで受験して、無事に特待生として合格した。といっても、授業料が免除されるだけで、学校生活は他の生徒と何も変わりない。ちなみに和也も特待生らしい。余裕の合格で、試験で二番目の成績だったそうだ。少し、むかつく。

高校の最寄り駅、鷺見駅前のバスロータリーでは数台のバスがエンジン音を響かせている。バスから降車して、せかせかと足を動かし鷺見駅へと向かう人たちを横目に少し進むと、大きな交差点の側に大手チェーンのハンバーガーショップがある。近くのお寺で修行していると思われる数名のお坊さんが並んでいるが、周りの人は何か言いたげに彼らを盗み見ていた。

「お坊さんがハンバーガーなんて食べていいんですか？って言いたげだな」

和也は冗談で言っているけれど、僕含め、今この周辺の人が彼らを盗み見ている確固たる理由はそれだろう。

「やっぱそう思う？　触れちゃいけない感がぷんぷん漂ってるよな」

「わかる。お坊さんが堂々としてる感じもなんか笑えるな」

お坊さんが何バーガーを頼むのか最後まで見届けたい気持ちを抑え、僕たちは大安高校へと向かった。

交差点を渡って左へ曲がり道なりに進むと、右手に大きなお寺の入り口が現れる。石の祠の間を抜けしばらく境内を進む。漂う澱みのない空気は、境内の厳かな雰囲気を形作っている。俗世とかけ離れた静寂の空間。両脇の木立の間から、木漏れ日がか細い光線となって、僕の頬に不規則に当たる。作務に勤しむお坊さんがこちらに気づき、恭しく会釈する。僕たちも姿勢を正し、おはようございますと頭を下げた。

お寺を抜けると、閑静な住宅街が顔を出し、そのまま六十メートルほどまっすぐ進むと、荘厳な門扉がまさに開けられようとしている光景が眺められた。

大安高校の校門だ。校門の開放と同時に、流れ入る水のように校内へ入っていく生徒たちに向かって、炯々たる目をもった白髪混じりの男性教諭が挨拶を繰り返し投げかけていた。後でわかることだが、その男性教諭は副校長の桜井光利先生だった。悪事を働けば仮借なく罰することが容易に想像できるその眼光の鋭さに、僕たちは怯えながらも小さく会釈した。

「おはよう。入学おめでとう」

「お、おはようございます！　あが、ありがとうございます」

　奇跡なのか、僕たちは噛む箇所まで一緒におずおずと挨拶した。緊張が頂点に達していたので、急く歩調を合わせ、そして早めてその場を乗り切った。左目の視界の端に、撫子の花がチラついた。

「なあ颯斗。入学式ってさ、もっとこう華やかで楽しい雰囲気が普通じゃないのかな？　変な汗が止まんないんだけど」

「奇遇だわ。全くおんなじこと考えてた。やらかして職員室に呼ばれた後みたいな感じだよ」

　校門を背に少し進むと、双子のように並び立つ建造物が現れる。一つは学舎だが、特に秀でた雰囲気を放つもう一つの建物は、大安高校が誇る講堂だ。

　有名なコンサートホールと比較しても引けを取らないほどの大きさで、山葵色の屋根と茅色の外壁が日光に照らされ、荘厳な雰囲気をより濃く演出していた。

　入学式と書かれた、お決まりの立て看板を設えた正面入り口が、来訪者を晴れやかに迎える。両脇にはガーベラやスイートピーなど、多種多様な花が飾られている。

　講堂に入ると、線香の香りの混じった清冽な空気が顔を撫でた。

「保護者の方は同伴されてますか？」

　案内役の事務員の方なのだろう。厳かな空気に急かされ、まごついていた僕たちに、朗らかな笑顔を浮かべた若い職員が話しかけてくれた。

そしてこの人には見覚えがあった。確か〝中村さん〟だったはずだ。学校説明会の時に司会進行役をされていた人で、丁寧に磨かれ燦然と輝く宝石のような、朗らかな笑顔がその時も印象的だった。

ちなみに和也の両親は共働きで、今日は休みが取れず、僕はそもそも両親がいない。和也が一歩前に歩み出て、質問に答える。

「同伴者はいません。僕たちだけです」

その返答に、中村さんは優しく微笑して頷いた。

「そうですか。二人とも本当に入学おめでとう。これは講堂内の地図ね。君たちはAからHの席に座って。その辺なら自由に座っていいから。あ、でもなるべく前から詰めて座ってほしいから、前が空いてたらそっちに座ってね」

「はい！　ありがとうございます！」

僕たちは同時に返事をして、軽快に深くお辞儀した。中村さんの笑顔で、少し緊張がほぐれた。

式場内は格式ばった雰囲気と、仏教系の高校の講堂ならではなのか、より濃く線香の香りが漂っていた。入り口で感じたものと同じ清冽な空気が顔を覆う。世故の侵入を一切許容しない重々しい空間。緊張を誘う。

式の冒頭、生徒会長が朗々と散文的な祝辞を読み上げる。式の終わりまで退屈との付き合いを覚悟したけれど、その覚悟は無意味だった。

次の校長の挨拶は、内容の変更があった。校長は病気療養中のため今年いっぱい不在で、代わりに副校長が登壇するというもの。その副校長が、先ほどの鋭い目を持った男性教諭だった。僕と和也は衝撃を覚え、ぎこちない動きで顔を見合わした。

「あ、あの人副校長だったのかよ。ビビってちゃんと挨拶できなかった……。やばいかな？　颯斗？」

「薔薇色から漆黒になったな、俺たちの未来の青春物語」

「同感」

スポットライトを燦然と浴びた桜井副校長が見える。ありがたみは皆無で、というか威厳がありすぎて恐怖しか感じない。桜井先生ごめんなさい。ただその恐怖の傍に、どこか懐かしい、不思議な温もりも感じた。

式は校歌斉唱を終え、残すところは閉式の辞のみ。進行役がまた朗々と締めの言葉を述べ、ようやくお開きとなった。

一刻も早い式の終了を夢見て、プログラムの書かれた用紙を何度も無意味に確認し、式が終わる頃にはくしゃくしゃになっている現象は、あるあるなのかな。

現実的な空間に戻れる安堵を感じながら式場を出ると、クラス名簿とこれからの日程の書かれた冊子を配布している中村さんがいた。僕たちに気づくと軽く微笑み、冊子を手渡す。

「はい、君たちもどうぞ。あ、式は退屈だった？　寝起きみたいな顔をしてる。はっは」

優しくふわっとした雰囲気だから油断していたが、中村さん相手にそれは禁物みたいだ。よく観察されている。でも桜井先生の威厳よりはマシ。

「いやあ、どうもこういうのは苦手で、寝ちゃうんですよね。副校長先生の話以降は爆睡でした。な！　颯斗？」

あっけらかんと式中の失態を告白できる和也が、なんだか羨ましかった。

「一緒にすんな。無意味にちゃんと起きてた」

「お前、無意味にって……。一番失礼な気がする。っておい！　颯斗やったな！　俺たち同じクラスだよ」

確かに、手元のクラス名簿には和也の名前と、少し下に僕の名が書かれていた。全体的に、四文字の漢字の名前が大きく面積を占めている。

「え！　まあ、喜んでおいてやろう」

「なんで上目線なんだよ！」

僕たちのやりとりを見て、中村さんが破顔した。

「はっは！　君たちは本当に仲が良いんだね。こっちもおかしくなってくるよ。今日は式だけだから、このまま帰宅して大丈夫だよ。明日からはいよいよ学校生活のスタートだ。初日から遅刻したらダメだよ？　二人とも」

「はい！」

僕たちは同時に返事をして、足早に会場を後にした。ちなみに中村さんだが、最近結婚されて、婿養子に入った関係で苗字が変わったらしい。しかし学校内では、旧姓の中村を使用しているとかなんとか。校門の付近で開催されていた、保護者同士の井戸端会議から盗み聞いた内容だ。なんとも紛らわしいことだと、不躾ながら思う自分を心の中で戒めた。

「うえ！」

校門を出てすぐ、クラス名簿をじっくりと見ながら歩いていた和也が奇声を上げた。

「びっくりした……。どうしたん？」

「颯斗……。この名前って？」

「え……。まじで？　同姓同名だな」

「だよな？　別人？　でも珍しい苗字だし」

上質な雰囲気を纏う象牙色の冊子に書かれていた名前は、〝小花あかり〟だった。

「矢崎くん！　皆木くん！」

思考するための暇は与えてもらえないようで、背後から聞き馴染みのある溌剌とした声が投げかけられた。和也が先に反応する。

「あかりちゃん！　え、君も大安高校なの？」

和也の驚嘆や歓喜の入り交じる声に背中を押され、遅れて僕は振り返った。小花あかりはあの時と同じ、元気いっぱいの様子だ。嫌味を込めて。

「うん！　今日から大安高校に入学！　さっきクラス名簿で二人を見つけて、嬉しくて探しちゃった！　中学は一緒になれなかったけど、高校は一緒だね！」

何かに怯えてでもいるのか、全てをかき消すように、大きく透き通った声で話す小花あかりは、普通に変な人だなと思った。が、揉めても面倒なのでその思いは言葉にせず嚥下した。

「いやぁ！　住んでるとこが近いとはいえ、嬉しい偶然！　これで新生活の緊張はしなくて済むね！」

「そんなワーワー話せるのに、緊張なんて一ミリもしないでしょ」

あっ！と思った時には既に遅かった。さっきまでは我慢していた。でもその苦行に脳が疲れて、僕の指令を待たずに言葉を出してしまった。断じて僕のせいではない。と思いたい。

素直にごめんなさい。

「矢崎くん！　君は本当に失礼だね！　前も言ったでしょ？　そんなんだから非モテ男子なんだよ！」

「いや、小花さんだって相当失礼だろ！　だいたいっ」

「はいはいはいやめやめ！　なんで二人はまた喧嘩始めるんだよ！　俺の身になってくれよ！」

和也がすかさず仲裁に入り事なきを得たが、僕と小花あかりはしばらくむっとした顔で互いに睨み合った。

　そのまま成り行きで、三人一緒に家路に着いた。始終話は尽きることなく変わり、頬が攣《つ》りそうになるほど笑った。あまり期待はしていなかった高校という新生活も、こんな日々が続くなら悪くはないかなと、僕はほんのり期待した。

アガパンサス

翌日はクラスメイト同士の軽い自己紹介と、担任の柳田先生から学校行事や施設の簡単な説明があった。最近改修された校舎は真新しさ特有の淡白な雰囲気を漂わせていて、新生活への不安を余計に煽ってくるのか、周りのクラスメイトはみな緊張した面持ちでそわそわしているように見えた。

僕は昨日のことで高校生活の期待を膨らませていたが、それもすぐに音を立てて破裂した。中学生時代での実績を知ってか、柳田先生は和也を学級委員長に推薦して（半ば強制的ではあったけど）、すぐに周りから注目を浴びた。

小花あかりはというと、あの底抜けの明るさに魅了された女生徒や、彼女の容姿に魅せられた男子生徒数人に囲まれ、既にクラスの人気者となっていた。

僕は……。すぐに友達は数人できて上々のスタートは切れたけれど、やはりなんだか満たされない。和也たちが羨ましいとかではなくて、何かが足りないような、自分だけの話。

そんなことに思いを馳せていると、いつの間にかクラス内の各委員会決めが行われていた。図書委員、飼育委員、風紀委員、文化委員、放送委員、新聞委員など、柳田先生がホワイトボードに各委員会の名称を書いている。書いた順番にやりたい人を挙手制で募る。委員会はそれぞれ二名で構成される。クラスの人数は三十人ほどだ。十ある委員会の数を考慮して、委員会に所属しない生徒は十人ほど出るはず。我関せず。それを貫き通せば、自分に注目を浴びる出来事は起き得ないと、僕は瞬時に判断した。嫌な注目を避けるための、最適な方法。いやらしい頭脳だ。

大方その予想通り、委員は淀みなく決まり、メンバー未決の委員会は残すところ後一つとなった。ちなみに小花あかりは、周りに唆され学級副委員長に選ばれていた。

しかしそこで事態は停滞を見る。最後に残った園芸委員だけ、立候補者の挙手が起きなかったからだ。

「おいおいみんな。園芸委員はこの学校の重要委員だぞ！　誰か立候補する人はいないのか？」

柳田先生が困惑した表情を湛えて教室を見やった。この問題に対する他力本願の視線が、クラス中を忙しなく行き交う。この空気が不快だったことと、現時点でどの委員会にも所属していない自分に、白羽の矢が立つのも時間の問題だと思い、諦めて僕は立候補した。

「先生、俺やりますよ、園芸委員」

クラス中のざわめきが僕の体をチクチクと刺してくる。人と違うことをすると、こんな謎の罪悪感を感じるものだ。納得いかないけれど。

「おお！　矢崎ありがとう。では一人目は矢崎で、もう一人は誰かいないか？」

「先生！　俺がやりますよ！　園芸委員！」

和也が間髪入れずに名乗りを上げた。長年の付き合いだ。僕を気遣っていることは、その表情からすぐにわかった。

「皆木。君は学級委員長だろ？　さすがに掛け持ちは大変だからダメだ」

再びクラス中の双眸が、遠慮がちに動き出す。柳田先生は溜息をつく。失礼ながら園芸委員という名前的に、立候補者が少ないのは自明の理だろうと僕は思った。こんな瑣末なことに時間のかかっている要因が、なぜか自分にある気がして少し決まりが悪くなった。ただ、この決まりの悪い時間は突如吹いた飄風によって消え去った。

「先生！　私やります！　学級委員だけど副だし、皆木くんとうまく協力しながらやるので、いいですよね？」

僕が立候補した時より、一層強いざわめきが起こる。小花あかりが立候補したからだ。

「いや、まあ問題はないけど、うーん」

先ほど掛け持ちはダメだと言ったことと、早く委員を決めたいという欲の衝突が、柳田先生の体から滲み出ていた。

「もしあんまり大変だったら言うので、その時は相談させてください！　それでいいですよね？」

「そうか？　なら悪いけど小花。お願いできるか？」

渋々な感じを演出しているが、下手な演技だなと思った。早く委員を決めたい欲が彼の中で勝ったのだろう。

「はい！　全く問題ないです！」

「じゃあ園芸委員は矢崎と小花で決定だ！　これで委員会決めは終わり。明日から授業開始だから、今日はこのまま支度して帰っていいよ。ではまた明日！　皆木、早速だけど号令よろしく」

待ってましたと言わんばかりに、勢い良く和也が席を立った。

「はい！　気をつけ、礼！」

ありがとうございましたの唱和が終わると、卒然として椅子や机の足の摩擦音が教室内に轟き渡る。

「ねえあかり。園芸委員って結構大変だって聞いたよ？　いいの？　地味だしさ。しかもあんま特徴のない矢崎くんと。顔は確かに良いけどさあ。まさか気があるわけじゃないでしょうね？」

「あはは！　早苗考えすぎ！　私小さい頃から近所の花屋さんを手伝ってたでしょ？　誰もいないならやりたいなって思っただけだよ」

「ならいいけど……」

小花あかりの隣に座る、小学校からの友人らしい香取早苗が小声のつもりで話しているが、明瞭な音で僕の耳に届いているぞと言ってやりたい。

　和也は学級委員長としての業務が少しあるようなので、さっさとここから退散するのが吉と僕は考えた。学生鞄を乱暴に肩にかけ、出来立てほやほやの友達に「お先に」と言って教室を出ようとしたところを、柳田先生に呼び止められた。

「ああ矢崎！　早速で悪いんだけど、園芸委員として仕事を頼みたいんだ。ちょっと来てくれないか？」

「あ、はい」

　予想外の展開だった。園芸委員の仕事が学校生活の初日にあるなんて、誰が予想できるだろう。

「小花も、申し訳ないが大丈夫か？」

「もちろんです！」

　園芸委員なんて、一年に数回くらいしかやることはないだろうとたかを括っていたのに、見当違いも甚だしかった。

「本当にすまないな二人とも。頼みなんだけど、昨日の入学式で講堂の入り口にたくさん花が飾られていただろ？　式典が終わったらその花たちを花壇に植え直すのが、昔から大安高校の慣わしなんだ。量がたくさんだから結構な重労働で悪いけど、この後頼めるかな？　一学年の他の園芸委員もいるし、一、二時間もあれば終わると思うから」

「はい！　小花あかり、しっかり務めを果たさせていただきます！」

先生と話す時は、いつもよりハイテンションな小花あかり。変なやつ。

「矢崎も、頑張ります……」

「ありがとう！　普通、どの学校も園芸委員はそんなに活動しないと思うけど、うちはやることが盛りだくさんだから、頼むね」

「じゃあ矢崎くん！　支度ができたら校門で待ち合わせね！　私、職員室に軽く寄ってから行くから！」

小花あかりの言いなりになることは少し癪に触ったが、僕は頷く以外の選択肢を持ち得なかった。職員室に小走りで向かう彼女の背中を見送ってから、僕も支度を始める。卒然と和也が僕の肩に腕を乗せてきた。

「颯斗、いいか？　お前絶対に失礼なこと言うなよ？　喧嘩しても今回は助けてやれないからな、絶対だぞ？」

「わかってるよ！　俺だって好きで喧嘩してるわけじゃない。てか喧嘩ですらない。それより、早く行かなくていいのか？　学級委員長様？」

「皆木！　ほら行くぞ！」

柳田先生の声の槍が背に刺さったかのように、和也はびくついた。

「あ、ああやべっ！　はい、今行きます！　颯斗！　絶対気をつけろよ！」

仏頂面で和也に手を振り、僕は校門に向かった。

校門近くに鎮座するソメイヨシノは満開を迎えていた。薄桃色の花弁が咲き誇り、風に煽られ梢がたわむ度に、三十本以上あるとされる雄しべの直立不動の姿勢が際立つ。凛としたその姿とは対照的に、足下に点綴《てんてい》した桜の花弁は、もの寂しい感情を引き出す。綿々と日本人の情操を育んできたと表現しても、決して大袈裟ではない神秘的な魅力がそこに認められた。

しかし、僕の視線を掴んで離さないのは桜ではない。樹下に佇み、寂しさと慈しみの混合した微笑を湛えて桜を見上げる小花あかりだった。いつもの陽気な雰囲気とあまりにもかけ離れたその姿は、桜と同化して同様の神秘的な魅力を帯びていた。微風が彼女の髪をかすかに揺らす。

出会う度に頭をもたげていた淀みのない苛立ちは、いつの間にか消えていた。彼女の後ろ姿に向かって、僕はゆっくりと近づいた。

「いつもあんなに騒いでるのに、そんな顔ができるんだね」

彼女が小声でふっと笑った。振り向かないまま、桜を見上げながら彼女は僕に応える。

「ちょっと。こないだも、おんなじようなこと言われた気がする。ああ、桜よ桜さん。この失礼千万な男の子に効く薬を処方してくださいませ」

「そんなお願いされたのは、桜も初めてだろうね。気の毒に」

変わらず桜を見上げながら、あははっと彼女は笑った。微風に促されるようにゆっくりと振り向く。その姿は、いつもの元気を再び羽織っていた。

「さて！　頑張るかぁ！」

出会った時と変わらない喜色に満ちた表情。先ほどのもの寂しい感じはどこかへ消えている。人の態度はこうも急激に変化するものなのかどうか、不思議に思いながらも結論は導き出せなかった。

気づけば一学年の他クラスの園芸委員が集まっていた。みんなとっても嫌そうな顔をしている。わかるぞ、同志よ。はめられた気分だろう。

中村さんが園芸用の衣装で現れて、手順を説明してくれた。中村さんはどれだけ万能な人なのか、都合よく使われているのかわからないけれど、とりあえずなんでも引き受ける、どの職場でも一人はいそうな良い人なのかな。職場経験ないけれど。

学校中に花壇があるので、クラスごとにエリアを区分けして移植することになった。僕と小花あかりは校門付近の、撫子の花があるエリアだ。「さ！　張り切っていきましょう！」という中村さんの号令がかかり、各々が作業に取りかかる。

「撫子の花の近くだなんて、なんか私たちにピッタリだね」

撫子の花言葉。ピンク色の撫子の花言葉。宿題のように、義務感を持って頭の中にその言葉が浮かび上がる。

「そうだね。小花さんはさ、やっぱり撫子の花が好きなの？」

撫子の花の話題をあまり深掘りしたくはなかったけれど、思わず聞いてしまった。

「うん。もちろんだよ。特にピンク色の撫子が好きなんだよね」

体が硬直するのがわかった。振り払いたくても、撫子と、その中にある自分と向き合わないといけないような、そんな恐怖を感じた。

「どうしたの？」

「ん？　いやなんでもない。じゃあ、始めよっか」

「おっけ。さあ、花屋手伝いスキルを存分に発揮して、勝ちにいきますか！」

「勝ち負け競ってないからね？　高校球児みたいなテンションで気張るな」

「あははっ！　ナイスツッコミ！」

今まで気づかなかったけれど、他クラスの園芸委員のメンズの視線が、僕に刺さりまくっていた。

二人で屈みながら移植に取りかかる。移植自体はわけがないけれど、校門付近はアイランド・ベッドの花壇がいくつか点在していて、種類ごとに移植していくために移動の労力も相まって、なかなかの重労働に転ずる。こういった沈黙の生まれがちな作業を他人とやる時、上首尾に終わるかどうかは関係性の深度が重要になってくる。最悪な出会い、過ごした時間の短さ、それらの悪条件が所狭しと机上に並べられていたのにもかかわらず、彼女との作業は驚くほどに淀みがなかった。理由を探し当てたら無意味な敗北感を味わう予感がして、僕は作業へと視線を向け続けた。

「しっかし！　みんなで分けてもすごい量だねえ。さすがにこんなにたくさん花植えしたことないからびっくり。しんどい！」

彼女の何気ないぼやきに、瑣末な疑念が現れる。

「そういえば、なんで小花さんは園芸委員に立候補したの？　副学級委員も決まってたのに、わざわざこんなきついことやるなんてさ」

「え？　いや、単純に楽しそうだったのと、柏木さんの手伝いをよくしてるから役に立てそうだったし、特別な理由はないよ。なんであんなにざわざわしてたんだろうね」

この人は、自分の容姿と明るい性格が持つ周りへの影響力を、少しは自覚した方がいい気がする。

「香取さんだって言ってたじゃん。君と俺じゃタイプが違いすぎるからだよきっと」

「あ！　矢崎くん聞こえてたの？　特徴ないって話。ごめんね。早苗に悪気はなくてさ、私を心配してくれてるだけなの」

「それは別にいいよ。事実だし」

くすくす笑う彼女は、また思い出したようにあっ！と言って僕を見つめた。

「タイプが違いすぎるって言った？　矢崎くんの中では、私はどんなタイプなの？」

「俺は陰キャで君は陽キャ」

心からの嘘偽りない想念だった。彼女と僕では、住む世界が違いすぎる。僕はどこにでもいる学生で、彼女は人気者。さらに性格だけを言いたいんじゃない。花の移植を楽しそうにする彼女を見て、あの時の花屋での彼女を思い出して、心から彼女は花が好きなのだと思った。和也と同じで、自分には足りない何かを持っている気がした。

「私が陽キャ？　それは間違った診断だなぁ。矢崎くんは陰キャではないと思うよ？　陰キャな人は初日から友達できないと思うし、レディーをいじったりしないからね」

名探偵が犯人の正体に行き着いてそれを得意げに話すように、彼女はわざとらしく人差し指を顔の前で立てている。

「それは小花さんが失礼なこと言うからでしょ？　こう見えて俺はジェントルマンだって自負はある」

「かもね、知らんけど！　あ、あかりでいいよ、呼び方。園芸委員同盟のよしみで、フランクにいこう！　私も颯斗くんって呼ぶから」

僕はジェントルマン。自虐ネタを披露したつもりだったのに、あしらわれたことに少し腹は立ったが、今は何も言わないでおく。

「どんな同盟なのそれは……。まあいいけど。そういえば、小花さ……あかりは部活とかは入らないの？」

「わ！　そういうことはすんなり受け入れてくれるんだ！　嬉しいなあ。部活は入らないつもりだよ。私、お店の手伝いはこのまま続けたいからさ」

「人気者の君は、周りが放っておかないと思うけどなぁ」

「え！　私が人気者ってこと？　ってことは、颯斗くんは私のこと可愛いって思っているのかな？」

　急に興奮した面持ちで僕の顔に接近する彼女に、不覚にも僕はドキッとしてしまった。

「なんでそうなるの。単純に君は周りから人気がありそうだから、入部の誘いがたくさんくるんじゃない？ってこと」

　期待した返答じゃなかったのか、彼女はあからさまに落ち込んだ表情を見せる。

「少しはお世辞くらい言ってくれてもいいじゃん！　でも入らないよ。颯斗くんは？　何も入らないの？」

　しくじった。今、最も追求されたくないことなのに、自分からその穴に飛び込んでしまった。答えに窮していると、何かを感じたのか彼女が僕の思考に言葉を挟んだ。

「あ、それかあれ？　園芸委員こそ俺の生きる道的な？　かっこいいねえ」

「なんでだ。委員会に全てを捧げる系男子学生、少数派すぎるでしょ」

「ウケる！　またナイスツッコミ！」

助かった。彼女が会話の転轍機を押してくれたことに感謝した。もちろん、彼女にそのような意識はなかったと思うけれど、彼女の持ち前の会話力に救われた。

しかし今になって気づいた。口では軽い言葉を放ちながら、彼女の手元の作業は見事と言うほかない。根を傷つけないように花を優しく持ち上げ、シャベルで土を掘り起こし、移植していく。一連の流れに無駄はなく、花屋での手伝いの本気度合いが窺えた。

クラス中の男子の夢中になる容姿を纏う女性が、あの時と同じように、右頬に土を付けながら額に汗を滲ませ作業に勤しんでいる。このギャップも、彼女の人としての魅力を際立たせている要因の一つなのかな？と僕は思った。

「ん？　どうしたの、そんなに見つめて。あ！　やっぱり可愛いと思ったんでしょ？　そうなんでしょ？」

「だからなんでそうなんの」

ノリが悪いと彼女は膨れた頬をまたこちらに向ける。頬に付いた土は落ちない。お調子者の彼女をまた調子付けてしまった。彼女の魅力というテーマに思考を巡らした数秒前の自分を、盛大に引っ叩きたかった。

日が夕暮れに足を浸そうとしている頃、移植作業は終わりを迎えた。役目を終えたシャベルが僕たちの側に転がっている。土のこびりついた手と、額に滲む汗と、夕焼けの表す時間の経過とが、僕たちの達成感に深みを与えてくれた。

「よし！　だいぶいい感じになったね！　花は全部植え替えできたし、周りの土を掃除したら終わりにしよっか！」

彼女は深く息を吐き、両腕を腰に当て、達成感に満ちた表情で花壇を見下ろしている。他の生徒たちも作業を終え、片付けをする人、そそくさと帰る人が見える。

「そうだね、なかなかの達成感だ」

「颯斗くん、意外と手際が良かったんじゃないかな！　花屋の手伝いより、遊ぶ頻度の方が多かっただろうに」

「失礼な、確かに遊ぶことも多かったけど……って、なんでそんなこと知ってるの？」

「ん？　なんだかそんな気がしただけ！　ほら、颯斗くんのイメージってやつ？」

彼女はニヒヒと笑う。何かを隠しているかのようなそぶりが、彼女の移ろいやすい感情と関係していて、それの判明が秘密の箱の鍵になる。そんな意味のない推論を頭の中で自分に披露してみたけれど、馬鹿馬鹿しくなってやめた。彼女が何かを隠しているかどうか、そんなの関係ない。人は誰しも何かを抱えている。先ほどの推論は、彼女の人としての魅力に失礼な気がした。

「雑なイメージ？　いや、それならあかりの方がとーっても、そのイメージに合うと思うけど」

「でた！　失礼発言！　罰として、この後コンビニで唐揚げおごりなさい！　いいね？」

「今回は確実にあかりが先に失礼発言しただろ！　まあおごるのはいいけど」

「いいんかい！　意外に優しいとこあるじゃんか」

人を小馬鹿にしたような、あざとくて妖艶な雰囲気を内包した笑みを湛えながら、彼女は俊敏に片付けをこなしていく。

「腹立つ。今日は意外にとても楽しかったから、そのお礼だよ」

僕のその最後の言葉を聞いてなのか、あかりはさっきまで暴れていた口を急に結び、感に堪えないといった面持ちで微笑した。絵に耽ていた頃の癖で、いつも無意識に人間観察をしてきたせいなのか、人の感情を察知する能力には一寸の自信を持っていたけれど、彼女の感情の川はどうにも流れを掴めない。今まであったどの人とも違うせいなのか、すっかり彼女から心の視線を外せないこの感情の正体がよくわからずにいた。

「あ！　まだ帰ってなかった！　よかった！」

片付けも終わり、暮色の濃くなった空の下で学生鞄を持ち上げた時、和也が息を切らしながら駆けてきた。

「あれ？　皆木くん！　学級委員の後、部活もあるんじゃなかったっけ？」

「今日はまだ仮入部期間だし、簡単な施設紹介だけだったから、早く終わったんだ！」

「そっか！　じゃあさ、私たちもちょうど終わったから三人で唐揚げ食べながら帰ろうよ」

「お、いいねえ！　そうだ、颯斗。あかりちゃんと喧嘩しなかったか？」

「してないわ！」

あかりは一瞬驚いた表情を見せて、くすくすと笑った。

「喧嘩の心配してたの？　思った以上に重労働でさあ。喧嘩する暇もなかったよね？　颯斗くん？」

「確かに、でも達成感はめちゃくちゃあったね」

今度は和也が、驚きの感情を顔で思いっ切り表現する。黒縁メガネが、左に少し傾いた気がした。

「え、待って、颯斗くん……？　いつからそんなに仲良く？　あかりちゃん！　俺も名前で呼んでよ！」

「ダメです。これは園芸委員同盟の仲だからこそだよ！　それに颯斗くんが嫉妬しちゃうかもしれないしね！」

「嫉妬なんてするか！　それに、そんな同盟組むことを了承した覚えもありませんが？」

親密になったわけではないけれど、人との関係構築において和也の先に立ったことが初めてだったので、今の現状に悪い気はしなかった。自分の矮小で醜い思考に嫌気が差すことは、今は脇に置かせてほしい。

「ひどっ！　まあいいや、とりあえず帰ろうか！　颯斗くん、お・ご・り！　忘れないでね」

あかりのニヤニヤした表情。もはやあざといというより、お馬鹿的と表現した方が適切ではないか。

「え？　珍しい。じゃあ、俺も今日は颯斗におごってもらおうかな！」

「ん？　あ、学級委員長様、まとめてごちになります」

「なんでだよ！」

あははっとあかりは爆笑する。なんだかんだその後、彼女の和也への呼び方は和也くんになった。女心と秋の空という言葉を聞いたことがあるけれど、とんでもない。小花あかりの思考は夏の天気だ。掴み取ろうとしても、すぐに変化して手をすり抜け暴れ狂う。この和也への呼び名の変更に対して、ほんのちょっとだが鬱憤が心に堆積した。が、嫉妬と結論付けることは避ける。断じてそうではないからだ。

ウツギ

颯斗くんと別れた後、しばらく私は和也くんと二人きりになった。

気圧のせいではないけれど、最近また頭の鈍痛が通り魔のように襲ってくる。薬の量は以前より減ったのに、なかなか寝つけない時もある。出口の見えない症状とこれからも長く付き合わなければならないと思うと、余計に憂鬱になって心が闇に沈む。

いけない。人といるうちは、この状態になってはいけないと、心の中で自分を叱咤する。横を歩く和也くんに若干の緊張を感じながらも、それを気取られないように振る舞う。慣れている。大丈夫だ。

「颯斗はどうだった？　意外といいやつでしょ？」

和也くんの表情はいつもと変わっていない。ほっとした。こんな状態になってから、より人の感情の機微を的確に判断できるようになった。気がする。

「ん？　うん！　……優しいところあるよね」

「うん。本当にいいやつなんだよ。あ、あとさ、あれもお礼言いたいんだ。さっき校門で、他のクラスの子が颯斗を美術部に勧誘してきたでしょ？　うまくいなしてくれて助かったよ。これも意外だろうけど、あいつめちゃくちゃ絵がうまいんだ。うまいっていうか、あれは素人の俺から見ても天才だよ。でもまさか名前も売れてるなんてさ。あの矢崎颯斗くんですよねって、すごくない？　あいつ。でも今は、あんまり絵のこと言われるの嫌みたいだからさ、あかりちゃんがさっと間に入ってくれなきゃ、颯斗、どうなってたか」

和也くんと合流して校門を出ようとした時、他クラスの朝桐さんが颯斗くんを呼び止める出来事があった。

朝桐さんは上背があり、髪は今風のセンター分けで艶があった。そして言動が快活を極めていた。偏見から来るイメージではあるけれど、いわゆる美術部っぽさは欠片も持ち合わせていないように見えた。

「矢崎颯斗さんですよね？　入学式の時に見かけてまさかとは思ってたんですけど、やっぱりだ！　未来ヨコハマコンテストで金賞を取ってましたよね！　僕もあれ出てたんですけど、銀賞だったんです。悔しかったけど、批評家の人があの場で言ってた通りでした。矢崎さんの絵、見て鳥肌が立ちましたよ。ヨコハマの未来で水上都市は思いつくとは思いますけど、あの画力。一目見て、逆立ちしたって敵わないと思いました。それからファンになったんです。あ、でもその後なんでぱったりどのコンテストにも顔を出さなくなったんです？　突如消えた天才って、僕の絵画教室の先生も嘆いてましたよ！　いや、まあいいや、矢崎さん！一緒に美術部に入りませんか？　部長は三年の樺西さんって人なんですけど、とてもいい人ですし、部員は数人でアットホームな雰囲気です。さっき体験にも行ってきました。どうですか？　矢崎さんが入ったらみんな度肝抜かれると思います。絵をやる人には、かなりの有名人ですからね」といった具合で、堰を切ったように長広舌を振るい、颯斗くんを褒めまくり、周りの私と和也くんは視界に映り込んでさえいないような直線的な視線を、颯斗くんに差し伸べていた。

颯斗くんが絵のうまいことは知っていたし、その話を毛嫌いしていることもなんとなく普段の言動からわかっていたから、「あー！　朝桐さんごめんなさい！　これからこの人予定あるのでまたでいいですか？　じゃあ！」と無理矢理二人を引き離した。

その時、颯斗くんの額から左頬にかけて、流れ落ちる焦りの粒が見えた。

「うん。颯斗くん、何も言えてなかったし、なんだか辛そうにしてたから」

あんな颯斗くんは見たくないと思った。けど……。

「そうなんだよなあ。でも個人的にはまた絵をやってほしい気持ちはあるんだよね。あいつ、本当に絵を描くのが好きなんだ。それは自分が一番よくわかっているはずなのに」

和也くんは、颯斗くんの話をする時、目がいつもに増して澄んでいる。本当に颯斗くんを大事に思っているのが伝わる。でもそれだけではない気もする。

「全然関係ないんだけど、和也くんはなんでそんなに颯斗くんに尽くしてるの？」

和也くんは、意外といった表情を私に向けた。愚問だと言いたいような、そんな感じ。

「え、そりゃ幼馴染で親友だからね。当たり前じゃない？」

「うーん。にしても和也くんの行動はすごい気がするな。今日だって、実は部活の人からカラオケ誘われてたでしょ？」

私たちと校門で会う前、和也くんの行動は早苗からメッセージで知らせを受けていた。早苗は小さい頃から根っからのバスケ少女だったので、和也くんと同じくバスケ部の体験入部に顔を出していた。和也くんのあの開けっ広げにものを言う性質と、快活な性格から湧き出る魅力に惹きつけられてなのか、そこでもすぐ人気者になり、体験入部後に上級生からカラオケに誘われていたけれど、それとなく断り、急いで帰ってしまったという内容だった。

「なんで知ってるの？」

「さあ、なんででしょう？　とにかく、自分の時間を犠牲にしてでも、颯斗くんのために行動してるように見えるからね。親友だからって、そんな単なる括りからくる動機なんかじゃ、なかなかそこまでできないもん」

私の発言がよほど驚嘆するものだったのか、和也くんは素っ頓狂な表情を浮かべていた。

「まだちゃんと学校始まって数日なのに、よく見てるねあかりちゃん」

どことなく、私の思慮の浅さを想像していた彼の心情が、言葉の節々で見え隠れしているような気がしたけれど、そこは突っかからないことにする。

「こう見えてもわかる女ってこと？　嬉しいー！」

ここはいつもの、元気な感じで振る舞うのが妥当だろう。

「ははっ。そういうことにしとく。そうだなぁ。恥ずかしいし、理由は秘密にしてくれる？」

「もちろん！　私は約束を守る人間だよ」

秘密。その言葉に不穏な感情の兆しが心中に現れたけれど、それを必死に隠した。

「ありがとう！　颯斗とは幼稚園からの縁なんだけど、小学生の時、実は俺、いじめられてさ」

「え、和也くんが？　なんで？」

文武両道でクラスの人気者。性格も全く癖がなく、清純そのものといった人だから、私はかなり驚いた。

「クラスに森っていういじめっ子がいてさ。そいつにいじめられた植田くんって子を遊びに誘ってたら、俺が標的になったんだよ。まぁ、あるあるだよね。その時は颯斗とも違うクラスだったから、いじめられ始めてからすぐにクラスで孤立してさ。それで、集団で下校中に囲まれて、砂かけられたりした時があったんだよ」

「ひどすぎるね」

子供は共感より己の欲の表現を優先させる生き物だから、時にその心性は人間の本源に潜む剥き出しの凶暴性を解き放ってしまう。と、私は思う。逆も然りで、否定的な感情にはまってしまった時は、大人よりも深く意識が闇に沈むこともある。

「いや、正直今思い返してもそれ自体はどうでもいいんだ。それよりも嫌だったのは、その輪の中にさ、植田くんがいたことだった。後ろの方で、めちゃくちゃ申し訳なさそうに俺を見てた。その時の見つめ合いほど嫌な時間はなかったなぁ。あ、植田くんは何も悪くないよ。それはわかってる。というか理解してる。そうしなきゃまた自分がいじめられるからね。もう少し、植田くんのためにうまく立ち回れる選択肢があったかなあって、今では少し申し訳なくも思ってる。子供社会の人間関係は、純粋で残酷で、難しいよね」

「腹立ってきた私！　和也くんは何も悪くないからね！」

予想以上の話の深度に戸惑いを覚えながらも、周りの雑多な喧騒が勢いよく弾け、自分の中で逆る感情の激流を感じた。

「あかりちゃんは本当に優しいね！　ありがとう。でさ、その見つめ合いの時間が一瞬あった後、颯斗が間に入ってきたんだ。あいつ、何したと思う？」

「え？　んー。相場は、森くんに突っかかったとか？」

「ううん。森を煽って、自分に砂をかけさせたんだ」

「え？　どう、え？」

「必要以上に煽るもんだから、砂かけられるだけじゃ終わらなくて、膝蹴りくらったりボコボコにされてさ。で、気が済んで森たちが帰った後に、あいつが俺に言ったんだ。『これで俺たち同じだな！』って。ボコボコにされたくせして、キザな言葉言いやがってあいつ。笑っちゃうよね。でもあの時ほど嬉しくて、家で泣いた夜はなかったなぁ」

和也くんの瞳が、微かに潤むのを感じた。心から、嬉しかった記憶なのだろう。

「意外だね。颯斗くんって、よくも悪くもバランス人間って感じがするから、そういう目立った行動しなそう」

口ではそう言いながらも、決して意外ではないことはわかっていた。颯斗くんなら、確実にそのような行動を取ることは、記憶を思い起こせば明白だった。困った人がいたら、手を差し伸べる人。

「意外すぎるでしょ？　あいつはね、ほんっとに優しいやつなんだよ。担任の先生は、外面はいいけど全く助けてくれなかったしさ。親にも言えなかったから、味方で側にいてくれたのは颯斗だけだったんだ。って、え？　あかりちゃん泣いてるの？」

頭の中で、〝担任の先生〟の姿が一気に浮かび上がる。助けてくれなかった。逆に苦しめられた。あの頃の、私の記憶が和也くんの記憶と重なる。思い出したくない。嫌だ。俯き顔を逸らして隠していたけれど、気づかれた焦りもあって急転する感情が体内を巡り、体が小刻みに震えた。戸惑い揺れる和也くんの視線が、余計に強く私の心を縛る。震えが強くなる。本当に情けない。

「と、とりあえず近くに公園があるから、ベンチに座って休もう！」

「うん……。ごめんね」

見栄を張るいつもの余裕も消えて、私は支えられながら公園へ向かい、ベンチに座った。

和也くんが飲み物を買いに行っている間、呼吸を整えながら足元に咲く花弁の欠けた春紫苑を見た。自分が哀れに思えて、笑ってしまった。

「大丈夫？　はい、ココア。ごめんね、水が売り切れてて、甘いものの方が落ち着くかなって思って」

せっかく親切にしてもらっているのに、その感謝より和也くんが今の私をどう思っているのか、その答えの追求が思考の中で先立つ。否定的な答えばかりが心中で駆け巡る。

「ありがとう、だいぶ落ち着いた。本当にごめんね。ちょっと今朝から体調が良くなくて」

「全然いいよ！　気にしないで。むしろそんな体調で園芸委員の仕事やって、そりゃあ悪化もするよ。すぐ気づけなくて申し訳ない」

「ううん。ちゃんと自己管理してなかった私のせい。ごめんね」

和也くんは「気にしないで」と、優しく微笑みかけてくれた。それが私の心を余計に不安にさせる。気を遣って精一杯の笑顔を私に向けられると、猜疑心に満ちた思考の流れを止められない。努めて明るく振る舞いながら、しばらく先ほどの話の続きをした後、私たちはそれぞれの帰路に着いた。颯斗くんが誰よりも優しいことは、和也くんに負けないくらい、私もよくわかっている。

あまりよくない気がするけれど、ケースから抗不安薬を取り出して、残りのココアでグッと飲んだ。春めく季節とは対照的な自分の姿を、また哀れと思って微笑した。

エゾギク

園芸委員の活動は、予想を遥かに超えて多忙を極めた。これが大安高校の最大の特色らしいが、入学案内の冊子に注意書きを必ず記載してほしいと、僕が無意味に心の中で不満を口にしたのは何回目だろう。

桜井先生の長年の知己が花屋を営んでいて、売れ残りやわけありの花をそこから安く仕入れているらしい。彼が副校長に就任してから約二十年の間は、多種多様の花が校舎を彩り、〝華の大安高校〟という世間の印象を醸成した。

通常の学級活動や、旅行・集団宿泊的行事以外は、会場の前などに花の装飾を必ず設える。儀式的行事はもちろん、健康安全・体育的行事にも、学芸的行事にも全てだ。つまり、学校行事の細目に至るまで、園芸委員の仕事も付随するということ。

もはや、花を飾ることがメインで、学校行事がおまけになっている気がする。それほどに、大安高校にとって、花は大きな意味を持っているのかもしれない。

しかし各行事で装飾を設えれば、当然片付けが生まれる上に、それが花であれば移植もある。校舎を囲うように多くの花壇が点在していれば、日々の水やりを始めとした手入れの労苦は、体験していない人でも想像に難くないと思う。長々と表現したけれど、事程左様に、園芸委員の仕事にほぼ毎日従事しなければならず、大変すぎるということだ。

そして今も、放課後の校門に僕はいる。放課後は学級委員の仕事があるため、あかりとは校門で待ち合わせすることが定着していた。

公然の目に晒される家の玄関や各施設の入り口は、人の思いや個性が色濃く表れるものだけれど、大安高校のその場所には、撫子の花が鎮座している。校門近くは一日を通して日当たりがよく、撫子に適した場所だからだろうと、あかりは言っていた。

凛とした立ち姿の中に、愛《め》でたくなるような愛らしさが共存している。昔から撫子の花を見ると、好奇の視線を向けずにはいられなかった。そんな僕だからかもしれないけれど、撫子の花は大安高校にとって大きな存在である気がしてならなかった。

そしてもう一つ、答えを求めたいことがある。撫子の花を見ると、なぜかあかりの姿が脳内にクリアに現れる。普段は元気いっぱい。気が強く凛とすら感じる姿勢の中に、時折もの寂しげで弱々しい表情を見せる彼女のイメージが、撫子に重なるからだろうか。それだけではない何かが、撫子の花にはある気がした。

そしてあかりの姿が浮かぶ度に、ピンク色の撫子の花言葉という文字が、頭の中で綴られる。

「颯斗くん！　ねえ颯斗くんってば！」

撫子にくっついた僕の目と意識は、あかりの声の侵入を許さなかった。

「ちょっと……。は、や、と、くん？」

背後から意識外の攻撃に襲われる。あかりに頬をつままれ、僕は我に返った。

「いったっ！　あかり？　なにすんだよ急に。ほっぺつねるなよな」

「何言ってんの！　颯斗くんがいくら話しかけても気づかないからでしょ！　ああ失礼しちゃう。私より撫子の方が興味ございますか？　ああそうですか。機嫌が悪くなりました私は」

神様、目の前の日本女性を、どうか将来は撫子のように凛としておしとやかな、そして愛らしい女性にしてあげてください。撫子さん。先ほどあなたのような美しい花と、こんな騒がしい女性を一緒にしてすみません。心から謝罪させてください。そんな僕の心中の想念を嘲笑うかのように、あかりは透き通った声を辺りに響かせる。

「ちょっと聞いてる？　あぁいやだいやだ！　こんなに麗しい女性が目の前にいるっていうのに、本当に失礼しちゃう！」

絶対に麗しいという言葉の意味を知らないと思うが、実に言い得て妙な表現に少々腹が立った。

「ごめんごめん。ぼーっとしてただけだって」

わざとらしく膨れっ面をして、柔和に睨みつけるあかりの姿から、根っからの良い子であることがわかる。

「ふんっ、いいよ、またこの後唐揚げおごってもらうから。約束ね！　で、また撫子に見惚れてたの？」

「うん。昔からなぜかわかんないけど、撫子にはすごい興味が惹きつけられるっていうか。変な感じがするんだよね」

「確かに、本当に綺麗だよね」

さっきまでの元気から転じて、あかりは静かに屈んで、心なしか微笑を湛えて撫子に見入っていた。相変わらず態度が急変する。それも彼女の個性と理解している。変な人とは思うけれど。

少し前に校門で美術部に勧誘された時、あかりは僕を助けてくれた。正直、情けなくて申し訳なかった。でもその時から、安心させてくれたあの笑顔を見た時から、あかりがよく視界に入る。それはなぜなのか、あまり深追いしたくなかった。

「ん？　私の顔になんかついてる？」

「あ、いや撫子って秋のイメージだったけど、春にも咲くんだなあって」

「秋の七草の一つだしね。でも四季咲きの品種もあるらしいし、春から秋にかけてが開花時期って聞いたことある。そもそも、撫子は基本的に丈夫で育てやすい花だから、なんだか一年中咲いてるイメージだよね」

彼女の無邪気な眼差しに応えるように、撫子は微風にたゆたう。

「さすが花屋見習い。よく知ってるね」

「あははっ！　このくらいはネットで調べればすぐにわかるし、全然だよ。よし、じゃあ始めよっか！」

　あかりは慣れた手つきで、道具を周りに準備していく。

「そうだね。今日の俺たちの当番は、校舎裏の花壇の水やりと掃除だよね」

　あかりは左腕に懸けていた作業用エプロンを着て、敏活に軍手や園芸用品をポケットに入れている。

「うん！　ささっと済ませよう！　なんてったって、帰りは颯斗くんにお詫び唐揚げをしてもらわなきゃだからね」

「そんな固有名詞、この世に存在しないと思うけど。まあいいや。とにかく早く済ませよう」

　校舎裏は半日陰で、サマーミストやコットンキャンディなど、比較的丈夫な花が花壇に植えられている。側には平均的なサイズのグラウンドを控え、灰白色の階段下ではサッカー部が準備運動を行っている。

　グラウンドの半面では既にソフトボール部が練習を始めていて、歯切れの良い掛け声で気合の音色を響かせている。あかりの存在に気づいたサッカー部の数人が彼女に声をかけていたが、持ち前の明るい挨拶で返しつつ、放課後のお誘いは華麗に断っていた。良し悪しは脇に置き、彼女のこういった率直な言動は見習いたい。

サッカー部員の彼女への懸想が撃墜された後、早速僕たちは作業に取りかかった。大きめの花壇にはあかりがホースを使って水やりをし、僕は小さめの花壇やプランターに霧吹きで水やりをしていく。花弁や花柱を伝う雫は、瑞々しく透き通っていた。

「水をもらった花って、赤ちゃんのたまご肌みたいにツヤツヤな感じになるよね」

「え！　なに颯斗くん！　そんな風に感じる心があるんだね」

甚だしく失礼な物言いでびっくりした。けれど、あかりがなぜか嬉しさ満点の笑みを浮かべていることも不思議で、感情が錯雑とし、瞬時に言い返すことができなかった。

「あ、怒った？　ごめんごめん！　颯斗くん、我は何も感じないでござる！って顔いつもしてるからさ、驚いちゃって」

「ごめんごめんの後が、全く謝罪する気皆無なのは俺の気のせい？」

「あはは！　気のせい気のせい！」

水やりも終盤に差しかかってきた時、コツン、コツンと、革靴のヒールの地面に当たる音が、背後からゆっくり近づいてきた。雰囲気からか、自分の体が戦慄《おのの》いているように感じる。その戦慄きの理由は、すぐにベールを脱いだ。

「小花くん、矢崎くん、こんにちは。いつもありがとうね」

その声により恐れが現前して、さらに緊張したのか、僕の体中に冷や汗が迸る。振り返ると、予想通り桜井副校長が立っていた。ただ入学式の時とは異なり、温柔な微笑をその端正な顔に湛え、僕たちを見つめている。

「あ！　桜井先生！　任務はもうすぐ完了しそうです！」

僕とは違って、彼女のお調子者ぶりは桜井先生の前でも崩れないらしい。先生全員に対してのテンションが、とにかく高いけれど。

「お勤めご苦労である。小花くんにはいつも笑顔をもらってるよ。本当にありがとう」

桜井先生は厳然たる雰囲気を放ちながら、あかりのノリに乗じてユーモアを披露する。雰囲気とかけ離れた言動はやめてほしい。こちらの心がとても混乱する。

「褒めても何も出ませんよ！　あ、ホースから水は出てるか。水しか出ませんよ！」

桜井先生が温柔な表情を浮かべているうちにこの場をやり過ごしたいのに、あかりは暴走している。頼むから落ち着いてほしい。

「何意味不明なこと言ってんの。バカなん？」

「ちょっと！　いきなり失礼千万キャノン砲打ってこないでよね！」

火に油だったらしい。言葉選択を誤った僕のミスだ。もうこれは失礼を詫びるしかないと判断した時、桜井先生が無邪気な笑い声を辺りに響かせた。

「わははっ！　二人は本当に仲がいいんだね。素晴らしいことだよ。君たちのような素敵な子に世話してもらって、花たちも幸せで毎日小躍りしているだろうね」

笑顔を浮かべた桜井先生の顔はさらに柔和になった。それに比例して僕の警戒心も薄くなり、気になっていたことを思い切って聞いた。

「桜井先生は、なんでそんなに花がお好きなんですか？　この花たちは先生が知り合いからたくさん仕入れていると聞きました。昔は花の世話を一人でしていたこともです。ただ好きなだけでそこまでできるのが、なんだか不思議だなと思いまして」

桜井先生は少し間を空けて、花壇の方へ視線を向けたまま、真後ろのガーデンベンチに座った。

「単純な理由だよ。私の弟が花好きでね。その熱意に感化されて私も好きになったんだ。花を校内に植え始めてから、昼休みや放課後に花々を見て、笑顔で談笑する生徒たちの姿をよく見かけてね。これだ！って思ったんだ。花はみんなの心の触れ合いを滑らかにする効果があるんだってね。そこからは定期的に花を仕入れては植えていったんだ。もちろん校長先生には許可をもらってね！　元々大安高校の校内は手付かずの草地が多くあったからね。整えて自作の花壇を作っていったら、こんなに多くなってしまったってわけなんだ。このベンチに座ってみんなの笑顔や真剣な顔を見るのがまた大好きなんだ。自分で手入れができなくなるまで花も花壇も増やしてしまって、園芸委員の子たちには申し訳ない気持ちでいっぱいだけど」

花々に眺め入る桜井先生の目色は、とても穏やかだった。先ほどまでの威厳は消えていて、町の公園のベンチに座って若者を見守る好々爺にしか見えなかった。僕たちがまだ返答に窮している間に、桜井先生は視線をこちらに向け、居住まいを正した。

「そうだ。二人は〝親花祭〟を知っているかな？」

親花祭は大安高校で毎年秋頃に開催される、文化祭のようなものだ。各教室や野外で生徒たちが自分たちのブースを作り、思い思いに内装を設える。

二日間開催され、最終日の暮色が空に描かれる頃、桜井先生の掛け声で校舎中の花々に設えられた電飾が燦然と輝き出す。そのイルミネーションイベントが特に人気らしい。

親花祭の期間は校舎が一般開放されるため、毎年かなりの人数が来場するビッグイベントになっている。と、中村さんが前に教えてくれた。

「最終日に花のイルミネーションをやるお祭りですよね？」

「そうなんだ！　生徒のみんなもそれぞれ屋台とかを出して、本当に毎年盛り上がるイベントなんだよ」

「え！　屋台出るんですか？　颯斗くん、チョコバナナ食べようよ！」

あかりが大声を上げる。さっきまで冬眠していたのではないかと思うほどの、ボルテージの上げっぷりた。

「チョコバナナって、近所のお祭りじゃないんだから」

「ははは！　小花くんは面白いね。確かに矢崎くんの言う通り、チョコバナナは出ないかなあ。毎年カフェをやる子たちが多いかな。ちなみに先生たちは、今年はおにぎり屋台をやる予定みたいだよ」

「そうなんですか……」

あからさまに落胆し悲壮感を出すあかりにツッコミを入れたかったが、彼女にまた失礼発言認定をされても面倒なので、僕はグッと堪えた。

「それで、なんでその親花祭の話をしたんですか？」

「ああ、実はね矢崎くん。その祭りで君に頼みたいことがあるんだ」

「え！　颯斗くんすごっ！　副校長からものを頼まれるって、いつの間にそんな偉く……」

僕はあかりの話を制するために、大きな咳払いをした。少しお黙りなさいという気持ちが伝わったのか、彼女は不機嫌そうに頬を軽く膨らませる。

「頼みってなんですか？」

「うん、急な頼みで申し訳ないんだが、親花祭の時に飾る用の絵を、ぜひ君に描いてもらえないかと思ってね」

嫌な汗が滲む。

「毎回ただ親花祭と文字で書いた看板だけだから、どうにも寂しい気がしててね。今年は特別なことがしたいと思ってる。矢崎くんはとても絵が上手で、小学生の時に表彰もされていたと聞いたものだから、絵を描いてもらってそれを一緒にライトアップしたら面白いかなって。ちなみに、美術部の子たちにもお願いしてる。花をバックにして、光る画廊みたいに横一列にみんなの作品を並べるつもりなんだ。どうだろう？　矢崎くん。数は多い方がいいから、君にも一枚描いてもらいたいんだ。最近は描いてないとも聞いているから、もし理由があって乗り気にならなかったら、もちろん無理強いするつもりは一切ないからね」

桜井先生の頼み事は、僕にとってまさに青天の霹靂だった。なぜ僕が絵の描けることを知っているのか。先日声をかけられた、朝桐という人が教えたのだろうか。しかし今はそんなことはどうでもいい。僕はまた体中に悪寒の巡る感覚を覚えた。

今まで幾度となく、絵の誘いや頼まれ事を受けてきた。しかし祖母以外で、年長者から正面切って頼まれたのは初めてだった。軽くあしらう術は持っていない。上手に断る引き出しもない。たとえ描くことを決心したとしても、以前のように楽しく、そしてうまく描ける自信はない。描いてあげたいと思える人もいない。それに、認めたくない恐怖がそこにあった。病床の母を鮮明に思い出してしまうかもしれない。それをきっかけに、決定的に絵を描けなくなるかもしれない。

こういうどうしようもない場面にぶつかって、そして理解する。僕は怖くて自分から逃げている。母の死を言い訳にして、自分の人生から逃げている。弱い自分を肯定しようと必死になっている。それが負い目となって、僕の心に牙を立てる。自己嫌悪と頼まれ事への逡巡で、頭がおかしくなりそうだ。視線が徐々に下がる。路上に横たわる、汚れた花弁が目に映る。

不快な汗が額から頬を伝う。それと並行して、体温がするすると下がっていくのを感じた。しかし、あかりがこの出口の存在しないトンネルの壁を壊した。

「いいじゃん、颯斗くん！　やろうよ！　めっちゃ楽しそう」

初めて、あかりに対して熾烈な怒りを覚えた。君に僕の何がわかるのか。何も知らないくせに、土足で他人の心へ踏み込むな。

怒りの表情をぶつけようと顔を上げた瞬間、僕は逆に圧倒された。「大丈夫だから」そんな声が聞こえてきそうな、凛とした目色であかりは僕をまっすぐ見つめている。その眼差しは、優しく撫でるように僕の熱を帯びた心をゆっくり冷やしていった。

「あぁっ、さては颯斗くん。描くの久しぶりだからうまく描けるかビビってるな！　大丈夫だって。もし颯斗くんがへたっぴだったら私が代わりに描いてあげるから。任せといて！」

「何言ってんの、余裕だよ。それに、あかりが描いたんじゃ、誰も親花祭に来なくなるから絶対やらせない」

「ちょっ！　待ってそれは失礼すぎる。桜井先生なんか言ってやってください！」

いつの間にか、あかりに対して軽口を言えるまで心の状態は戻っていた。

「ははは！　二人は本当にいいコンビだね。じゃあ矢崎くん、悪いけど頼めるかい？　まだ先の話だけど、九月くらいまでには、一度どんな絵を描くか教えてもらえると嬉しい」

「了解です！」

「なんであかりが先に了解するんだよ」

あははっと、あかりが笑った。その無邪気な笑顔が僕の心を覆って、頬を少し赤くしたような気がした。この間に続いて、また助けられてしまった。少し悔しいけれど、他のメンズ同様、彼女を異性としても見ている自分に気づく。

桜井先生がいなくなった後、二人で片付けをしながら、あかりに先ほど感じた違和感を聞いてみた。

「にしても、あかりってなんで先生と話す時、いつもよりさらにめっちゃテンション高くなるの？」

いたずらをしたのがバレた子供のように、ドキリという表情を見せたあかりが、小刻みに震え始める。自分の感情の芽生えとは真逆の性質の、得体の知れない黒い塊が、突然現れた気がした。

「え、ごめん。俺なんか変なこと言った？」

「あ、ううん。ごめんね。なんでだろう。防衛本能……かな？」

僕が「どういうこと？」と問いかけても、それ以上あかりは答えなかった。お詫び唐揚げの約束も忘れたのか、彼女は予定があるからと先に帰った。

カタクリ

親花祭は十月二十二日と二十三日の二日間行われる。今は五月下旬だから、あと半年ないくらいだ。あの日以来、園芸委員の仕事が終わるとすぐに帰宅し、何の絵を描くか思案し続けている。お題はフリー。あまりに何も思いつかなかったので、一度副校長室を訪ねたことがあった。

何かテーマはないか、アドバイスをもらうためだ。ただ期待した回答は得られず、「君に任せたい」の一点張りだった。というより、さらに要望が追加された。あかりと協力してほしいという要望だ。テーマを自分で決めることの教育上の意義はなんとなく理解できるけれど、あかりと一緒にということの意義は、全く理解できなかった。

今日も机上の動作は寂しい。部屋の天井を見つめる時間の方が長い。今まで放置されていた画材たちは、僕が机に向かってそれぞれを手に持った時、期待で色めき立っていたように見えたが、今では僕の鈍すぎる動作に期待が砕かれ、すっかりへそを曲げている気がする。

愛用の鉛筆が机上から転がり落ちる。完全に愛想を尽かされているな、これは。薄情な奴らだ。お前たちも少しくらい能動的に協力してくれ。画材に懇願する自分の思考が、ひどく情けなかった。

「颯斗、入るで」

祖母が香しい芋饅頭の匂いを引き連れ、ゆっくり部屋に入ってきた。淡黄蘗《うすきはだ》色の芋饅頭は祖母の得意料理で、母の大好物だった。蒸す時間の違いなのか、たまに歯応えが固めだったりする。芋の甘みと生地の食感が調和していて、絶品の和菓子。芋饅頭の側には、歴代横綱の名が書かれた湯呑み茶碗に注がれたお茶が、ゆらゆらと湯気を立てている。

「ありがとうばあちゃん。呼んでくれたら取りに行くから、無理して階段上がらないでね」

「まだまだ現役よ。どうだい？　絵は何か思いついたかい？」

桜井先生との放課後の顛末は、祖母に簡単に話していた。僕が絵を描くことに驚くと思ったけれど、思いの外言葉少なく冷静を保っていた。ただ、言葉数に反して笑みを浮かべていたのは、少し嬉しかった。祖母のそこまで幸せそうな表情は、ここ数年見ていなかった。

ちなみに、あかりのことは話していない。あかりに関して追及を受ければ、絵のこと以上に説明に難渋する未来が見えていたからだ。あかりに対しての感情と向き合うことが、僕をなんだか表現できない恥ずかしい気分にさせるから、というのが一番大きな理由かもしれない。

「ぜーんぜんっ！　桜井先生さ、ひどいんだよ。お題は自分で考えてくれって」

祖母を見ると、予想外の真剣な面持ちをしている。僕は思わず目を見開いた。

「颯斗、覚えておきなさい。誰のためにやるのか。それを見つけることが何より重要なんよ。

人は不思議な生き物でな、自分のためだけに、ありのままに生きられるほど強くないんよ。ええか、このことは決して忘れたらあかんで」

先日あかりが僕に見せたような、真剣で鋭い眼差しだった。皺のある目尻は、表情に威厳を乗せ、言葉の重みを強調しているように思えた。

「ばあちゃんどうしたの？　びっくりした」

祖母はそれ以上何も言わなかった。僕の肩を撫でるように摩り、部屋を出ていった。その時には、もういつもの温柔な微笑みに戻っていた。

芋饅頭をかじっていると、机上の携帯電話が振動した。『やっほ！　今週の土曜空いてる？空いてるよね。行きたい所あるから付き合って！　拒否権はありません！』あかりのメッセージは、いつも携帯から言葉が飛び出してきそうだ。了解！のはやとスタンプを送信して、携帯を机上に戻した。あかりよ、メッセージくらい静かにできないのか君は。そう心の中で呟いて、僕はまた天井を見上げた。

あかりと外出の約束をした土曜日はすぐにやってきた。ここ数日あかりは学級委員の活動が忙しく、園芸委員の仕事は彼女の頼みで香取早苗と行っていたため、あかりとはほとんど話す機会がなかった。

バスケ部は体育館の改装工事により、一ヶ月の間休みだった。それが理由で香取早苗が選ばれたのだと思うが、それにしても最悪の人選だ。「あかりとはどういう関係なの？」とか、「矢崎くんじゃあかりと釣り合わない」とか、ひたすら香取早苗の言葉のパンチを受ける羽目になった。そのお礼をあかりに言いたくてうずうずしながら、待ち合わせ場所の煉瓦町駅に向かう。

あかりは既に来ていた。当たり前だが、学生服でも作業用のエプロン姿でもない私服姿だった。透けた薄めのジャケットを羽織り、若緑色のワンピースと白のスニーカー、ワンピースと同じ色のハンドバッグを腕にかけていた。

改札奥の階上から発車メロディーが響き渡る。しばらくして降車した乗客が一斉に改札へ降りてきた。男女問わず、多くの人があかりを一瞥してから僕の横を通りすぎた。彼女の周りの空気だけ弾けたような、煌びやかな印象を周辺に漂わせていた。学校内だけではなく、あかりの容姿は世間一般的にも目を惹くみたいだ。

「あ！　颯斗くん！」

僕に気づいたあかりが、手を小刻みに振りながら小走りで向かってくる。彼女の声はよく通るから、人の視線が大挙して僕に突き刺さる。気のせいとは思いつつ、改札横の柱に身を委ね、髪をいじりながらこちらを見る男性の目色が鋭く、その視線は僕への嫌悪感でいっぱいに見えた。モデルの女性が純白の歯と共に笑みを浮かべる矯正歯科の柱巻き広告が、男性の目色のきつさを少し緩和してくれている。端正な顔立ちをした青年だから、なんで僕ごときがあかりと一緒にいるのかと、そう思っているに違いない。

「待たせた？　ごめんね」

「ううん！　私もさっき来たところ！　あ、ご無沙汰して申し訳ございませんね。寂しかった？」

　わざと丁寧に話す彼女がおかしくて、僕は思わず笑ってしまった。

「ご無沙汰って、学校では毎日目にしてたし、寂しく感じることもなかったよ」

「え！　なに！　そんなに私のこと見てたの？　いやあ、照れるなあ」

　どんなに嫌味を言葉に含ませても、燕返しの如くポジティブな言葉を返してくるあかりを素直に尊敬する。ここは和也によく似ている。

「そういうことにしとく。それで、どこに行くの？」

「反応うすっ！　あ、そうだ言ってなかったね。柏木さんの花屋の近くにある、港町公園って知ってる？」

「ああ、行ったことはないけど、知ってる。確かバラ園がすごい所だっけ？」

「そうそう！　今ちょうどそのバラが見頃なんだよね！　そこに行こうと思って。親花祭の絵、何描くか迷ってそうだったから、実際に綺麗な花を見たら何か思いっくかもしれないじゃん？」

　確かに親花祭の絵については行き詰まっていたから、とてもありがたい。ただ迷っていることはあかりに話していなかったのに、バレていたことが少し悔しく感じた。

「いいね。バラってあんまり生で見たことないし、楽しみ」

「ほんとに？　よかった。じゃあ早速行こうか！」


駅前のショッピングストリートは変わらず賑わっていて、電灯や花壇の側に設置されているスピーカーからはケルト音楽が流れ、人の活気に彩りを与えている。ＳＮＳで人気のテイクアウト専門のコーヒーショップが最近この近くにできたからか、パブリックスペースには洒落た白縹《しろはなだ》色のカップを手に、談笑している一団を頻繁に見かけた。

諸方に置かれたプランター。それに植えられた花々を見ていて、とある疑問がふっと脳内で浮かび上がる。

「そういえば、今日は柏木さんのお店の手伝いないの？　基本的に土日は手伝いしてるんじゃなかったっけ？」

「いや、私も詳しくは教えてもらってないんだけど、最近柏木さん、体の調子があまり良くないみたいで……。お店もここ最近は休業してるから、手伝いもないの。今日もお店はやってないと思う」

「え！　あの花屋がお休み？」

小さい頃から、あの花屋の休業を見たことがなかったから、僕は驚いた。

「びっくりだよね。先月末、しばらくの期間入院するから店を休業するって柏木さんから直接言われてさ。理由聞いたんだけど、持病が悪くなってしまって少し療養したいってことしか教えてくれなくて。その時は別に顔色が悪いようにも見えなかったけど、本当に心配でさ。今まで私を気遣って、辛い顔見せずに頑張ってくれてたのかなって思うと、胸がズキッて来るんだよね」

みるみる暗くなるあかりの雰囲気を感じ、よくない質問をして申し訳なく思いつつも、小さい頃からお世話になった柏木さんの安否に対する不安が感情の大半を占めた。

「あ、ごめん暗い話して……。私もたくさんお世話になったから本当に心配なんだけど、心配ばっかりしててもしょうがないし、とりあえず今はバラを見て、親花祭にビビる颯斗くんを奮い立たせないとだね！」

「いや、俺が話題振ったから、こちらこそごめん。って、ビビってるわけないだろ！　ただ何描くか思いつかないだけだっての」

あははっとあかりは笑う。彼女の笑顔は、中村さんみたいに不安を吹き飛ばす不思議な力があるみたいだ。早く行こうと言って駆け出したかと思えば、急に立ち止まって勢いよく屈み、道端に生えるヒメジョオンを見つめ、「お腹空いてきた」という彼女の言葉がおかしすぎて、僕は公園に着くまでニヤつきが止まらなかった。

ヒメジョオンの若芽は、天ぷらにすると美味しいらしい。花を見て瞬時に天ぷらを思い浮かべる彼女の率直な想像力と、人を元気にする明るさに、「あかりはすごいね」と感嘆した。彼女はキョトンとした顔をして、理由もわからず照れていた。

花の話をする時の彼女は夢中で、本当に嬉しそうで、自分にはないそんな彼女の魅力が、日に日に僕の心を薄桃色に染め上げている気がした。


港町公園はガイドブックに載るほどの名所であるが、丘の上、住宅街の片隅に位置していることから来園者はそれほど多くない。公園に隣接するインターナショナルスクールの関係者を時折見かけることもあり、西洋風の装いと相まって、辺り一面異国情緒が漂っている。

入り口付近の左手は灌木、右手には複数のバラが控え目に出迎えている。バラの前では一眼レフにめりこみそうな勢いで顔をつけ、絵に描いたようながに股でシャッターを切る初老の男性が異彩を放っていた。この公園の主人公であるバラより、彼はおそらく、いや確実に存在が秀でている。「あの人すっごご」というあかりの言葉に、「確かに」と呟き、バラ園より先に展望台へと向かった。

展望台の眼下に広がる港。清浄な青い光の反射を受け、薄水色に染まる地平線。寂しげに海に臨む数台の漁船。この光景を縁取る目前の灌木。心地よく頬を撫でる微風。昨夜の春雨に濡れた葉の艶。鼻腔をくすぐる潮風の香り。その全てが心の暗がりに沈澱するわだかまりを優しく一枚ずつ剥がし、中に埋もれた純然たる何かを取り出そうとしているかのようだった。

「うーんっ！　気持ちいい！　本当に綺麗だねえ」

「そうだね」

目前の景色に見惚れ、僕は簡単な返事しかできなかった。あかりが何か言ってくるかという不安が頭を掠めたけれど、以前に校門のソメイヨシノを仰いでいた時と同じ、少しもの寂しさを感じる安らかな微笑を顔に湛え、あかりは港をただ眺め見ていた。

しばらく景色を見入った後、展望台の右手に広がるバラ園へと向かった。バラに包まれたアーケードをくぐり、階段を数段降りると、窪地を贅沢に埋め尽くす多種多様のイングリッシュローズが僕たちを出迎えた。あかりによると、百種類以上、千株以上のバラが植えられているそうだ。ピンク、赤、黄色、白、色とりどりのバラが自身の宿す純粋な華美で園全体を飾り付けている。

園の真ん中に鎮座する噴水の水面にはバラの花弁が数枚浮いていて、風が吹く度に揺れ動き、その水面に小さな波紋を生んでいた。生まれては消える波紋を見ていると、どこか命の儚さと尊さを感じる。

園内を見渡しながら特に濃い印象を受けたのは、赤みがかったバラだ。その強く鋭敏に刺さる感覚は、母の病室で見た撫子、柏木さんの花屋で見た撫子を彷彿させた。先ほど職員の方が潅水したため、花枝や花柄から突き出る棘の突端と、花弁の表面に透き通った水滴が残り、日照りを受けて燦然と輝いているように見えた。その光は僕の心中の霧を晴らして、展望台の光景が取り出した何かを徐々に広範に照らした。

「颯斗くん？　颯斗くんってば！」

「あ、うんごめん。なんか言った？」

「何かって、だいぶ喋ってたよ！　無視しないでよね！」

口調と態度は不貞腐れているけれど、あかりの表情はどことなく喜んでいるみたいだ。

「文句言っている割に、なんか嬉しそうに見えるけど、気のせい？」

「え、いや、めっっっちゃ怒ってるよ！　ほら！」

あかりはわざとらしく頬を膨らませる。怒りの表現のレパートリーはそれしかないのかと言いたかったが、言葉は出さずに飲み下す。

「赤色のバラが好きなの？　赤でもいろいろ濃さがあって素敵だよね。スプレーバラの色なんか私好きだなぁ」

スマホを素早く叩いて、「ほら」と画面を見せてきた。そこに映る赤いスプレーバラは、さらに僕の心を強く惹いた。

「ちょっと颯斗くんめっちゃ近づいて見るじゃん！　綺麗な風景とか花とか、そういうのが本当に好きなんだね」

僕はいつの間にかあかりの手を握って、スマホを顔に近づけていた。我に返った時、彼女の顔の赤らみ、手から伝わる体温と柔らかな肌の感触、ほのかに香る香水の匂い、温もりを帯びた鼻息、あかりという一人の人間を構成するあらゆる特徴が大挙して僕に襲いかかり、恥じらいを露わにした。手を勢いよく離し、彼女を背にする。

「ごめん。なんか見入っちゃった」

「ううん、全然！　むしろ颯斗くんの子供みたいな顔見れて、嬉しかったよ。我、元気ないゆえ話しかけるな！みたいな顔、たまーにしてるからさぁ」

「こないだも思ったけど、なんで時代劇みたいな言い回しなんだよ。それにそんな顔してないし」

振り向くと、彼女は安堵したような、安らかで喜色に満ちた表情をしていた。少しの沈黙。園を囲うように茂る木立が風にそよぎ、音を立てて揺れているのがわかった。「よし！　次いこ次！」と彼女は僕の手を取った。

彼女の頬が赤くなっているように見えたのは、気のせい。だと思う。

バラ園の奥に建つ西洋館はとある小説家の記念館で、そのすぐ横には別の噴水広場があった。また種類の異なるバラたちが咲き誇っていて、周りでは年配の方々が写生していた。思えば小学生の頃、柏木さんの店で、母のためによく撫子の花を写生していた。そうだ。コンクールに出されたもの以外に、何枚も。とても大切な記憶を忘れていた気がする。僕の目の前のおじいさんがトイレに立ち、悪いとは思いつつ孤立した小さなキャンバスを覗き見た。

バラの花弁が細緻に描かれていて、左下には奥様と思われる、〝愛子へ〟という文字が書かれていた。

「わぁ！　素敵だね、奥さんのために描いてるのかな」

「そうかもね」

「あ、もしかして颯斗くん、自分の方が断然うまいとか思ってる？」

意地悪い笑みを浮かべて、あかりはこちらを見つめる。

「思ってないよ。絵にうまいも下手もない。どんなにうまくたって、誰かのために描いた絵に勝てるものなんてないって思ってる。だから、この絵はいい絵なんだよ。とってもね」

「ほほお。こないだテレビで有名な料理人さんが同じようなこと言ってた気がする。どんなに自分に料理の才能があったって、世のお母さんの料理には敵わないって。そんな感じだよね？」

「まあ、そうかもね」

あかりは得意げにガッツポーズをしている。僕の言うことを理解してやったぜ！ということなのだろうか。それにしても、自分の口から出た言葉にどこか既視感を覚えたことが心に引っかかった。直近で似たようなことを誰かに言われた気がする。それは、大切なことの忘却に思えた。

アブラハムダービー、アンブリッジローズ、ウィズレー、イエローボタンなど、出口付近にまで所狭しと咲くイングリッシュローズを見ながら、僕たちはバラ園を出た。それと同時にあかりが突然立ち止まった。

「あ！　そうだ！　やってないとは思うけど、一応柏木さんのとこ行ってみる？　颯斗くんにとってあそこは思い出の場所でもあるし、何か絵のヒントになるかも！」

あかりの提案を断る理由はなかった。僕も行きたいと思っていたから。行きたいというより、行かないといけない。彼女のバラ園での笑顔を見てから、理由のわからないその使命感が僕の中で迸っていた。

カエデ

柏木さんの花屋なでこは、港町公園を出て徒歩十分ほどの場所に位置していた。港町公園の存在は知っていても行ったことはなかったから、こんなにも近い位置関係だったことに驚いた。見慣れたものの中にも、角度を変えないと見えないものがあるのだと知った。

花屋は、当たり前のように寂しい雰囲気を帯びていた。ただ、荒れている様子はなかった。僕の記憶通りの花屋がそこにある。庭の花壇は整備され、ごみひとつない。店頭に花が並んでいないだけで、不変の美しさ、一抹の悲哀を含んだ美しさがそこにあった。

門外から、あかりとしばらくの間花屋を見つめていると、店内を微かに動く影が目に入った。

「颯斗くん見た？　今人影が動いた気がしたけど、気のせいじゃないよね？」

「見た。絶対中に人がいるよ。柏木さんじゃなかったら、やばくない？」

焦る僕には脇目も振らず、あかりは既に門を開け店に向かって駆けていた。店内を動く人影はもうなかった。

「あかり！　待って！　危ないし鍵がかかってるかもしれないだろ！」

「鍵なら持ってる！」

あかりが店の手伝いをしていることを忘れていた。彼女を止める言葉にはなり得なかった。あかりはバッグからキーケースを取り出し、焦りからか何度か挑戦するも鍵穴にうまく差せず、四度目くらいでようやく鍵が差さり、勢いよくドアを開けて叫んだ。僕はそれを見つめることしかできなかった。

「誰⁉」

しんとした店内に、あかりの声が響き渡る。ただ明らかに、そこに人がいた体温の温かみを感じた。

僕たちが店内に足を踏み入れた時、奥から足音が届けられ、たちまち僕たちを硬直させた。ドアが鈍い音色を響かせながら開かれる。

「あれ？　あかりちゃんと颯斗くんじゃないか！　ビックリしたよ、急に大声と物音がしたから。あかりちゃんの声に似てたけど、泥棒かと思ったよ」

現れたのは柏木さんだった。以前見た時よりかなり頬は痩せて、髪も薄くなっている気がした。右手には大きめのシャベルを持っていて、きっと僕たちが泥棒だったらそれで撃退するつもりだったのだろうと思った。それが事実なら不本意だけれど、この状況では仕方ない。

柏木さんの姿を見て、僕は安堵してため息をつく。あかりはその場に座り込んだ。

「よかったあ……。私、安心して立てなそう。え⁉　というか柏木さん、入院は？」

今の発言は何だったのか。あかりは力強く立ち上がり柏木さんに疑問を投げた。

「ああ、退院が思ったより早くなったんだ。心配をかけたね。本当にごめん。昨日退院して、今日は店の掃除に来たんだよ。あかりちゃんには明日電話しようと思ってたんだけど、もっと早く言うべきだったね」

柏木さんは以前より痩躯になったけれど、笑顔は変わっていなかった。相手への謝罪を口にする時も、日常の会話でも、絶えず穏やかな微笑を湛えている。相手の全てを認めてくれるような、包容力に富んだ笑顔は、あかりの時折見せるもの寂しいあの笑顔にどこか似ている。

「いえ！　そんなこと言わないでください！　柏木さんは何も悪くないです。謝らないでください。それよりも、お体は大丈夫なんですか？」

「ああ、とりあえず店の作業はできるくらいに元気になったよ。心配かけて本当にすまないね」

明確な言葉で、体調の良し悪しの答えがなかったことに一抹の不安が湧く。が、考えすぎだと自分を諌めた。

「よくなったとしても、いきなりお店のことなんてやっちゃダメです。あと掃除くらいですか？　私も手伝います」

戸惑う柏木さんには目もくれず、あかりは白い内壁にかけられた作業用のエプロンを手にとって身につけ、小慣れた手付きで道具を手元に揃えていく。

あかりの表情は硬い。そして小刻みに震えているように見える。たまに見せる彼女の怯えが何なのかはわからないけれど、柏木さんの体の痩せ具合から見て、体調が万全でないことは明白だったから、心配で仕方がないのだろう。僕はそっと、彼女が持ってきた箒に手を伸ばした。

「え、颯斗くん?」

「俺も手伝う。二人でやった方が早い。いいですよね? 柏木さん。拒否権はないですけど」

柏木さんは控えめな笑声をこぼして、「すまないね。では頼めるかな」と言った。

「颯斗くん……。本当にありがとうね。ごめんだけど、頼らせてください」

今にも泣きそうな微笑で、あかりは僕の目を仰ぎ見て感謝を口にした。彼女の普段の言動を疑ったことはない。けれど、この時は初めて、彼女が本音を言ってくれた。そんな確信があった。頼らせてくださいなんて、いつでも頼ってくれていいのに。

澱みのない連携を肌で感じながら、「まさかここで、園芸委員同盟の力が役立つなんてね」とあかりが言った。「園芸委員同盟って何だい?」と柏木さんがあまりにも素っ頓狂な調子で質問してきたので、僕とあかりは顔を見合わせて笑った。

店内の掃除を一通り終えると、「道具を洗うのは私やるから、颯斗くんは箒とか片付けてくれる?」と言って、あかりは戸外にある洗い場へと向かった。

清掃された店内は、無機質な空気から有機質な温もりのある空気へと変質していた。人がいて、生活感が付与されることで、命の来訪者の扉が開かれたような開放感を覚えた。

戸外から届けられる水流の音色を聴きながら片付けをしていると、茶の香しい匂いを引き連れて、柏木さんがお盆を両手で抱えながら奥から出てきた。お盆の上には三つの湯呑み茶碗と、芋羊羹が載っている。

「颯斗くん、ありがとう。少しお茶でもしよう」

柏木さんは「少しだけ持っていてくれるかな?」とお盆を僕に手渡すと、ガーデンチェアーを三脚運んできた。

「さあ、颯斗くん。疲れたろう? 椅子にかけてくれ」

小さなガーデンラックの空きスペースにお盆を置いて、「ありがとうございます」と言って僕は腰かけた。正対して椅子に腰かけた柏木さんを見ると、思えば柏木さんと二人きりになるのは小学生以来だと思った。恥じらいからか、緊張からか、僕は顔が強張っているのを感じた。

「あかりちゃんと仲良くなったようで嬉しかったよ。前にあんな再会をしてたから」

柏木さんは思い出し笑いをして、お茶を啜りながらお盆の置かれたガーデンラックを手元に寄せた。

「あれはあかりが失礼な態度を取ったからですよ。柏木さんも見てたでしょ? あの失礼な言い方。って、再会ってなんです？　あかりと会うのはあの時が初めてだったはずですけど」

柏木さんは微笑を崩さない。僕の言葉を待っていたかのように、表情を変えないまま僕に視線を移した。

「ああ、そうだね。あかりちゃんは話さない気がするから、私から話そうかな」

お茶をもう一度啜り、お盆に戻してから端然と背筋を伸ばし、柏木さんは僕の視線を強く掴んだ。緊張を帯びた静寂が、隈なく店内を覆う。

少し前、桜井先生に絵のことを頼まれた時と、とても酷似した空気が辺りを漂っていた。あかりは変わらず洗い仕事をしているはずだが、しんとした室内の空気の壁は、戸外の音の侵入を一切許さなかった。

「颯斗くんは本当に覚えてないかな？　まあ、あの時はまだ小さかったし、覚えてなくても無理はないけどね。あかりちゃんと颯斗くんは、一度会ってるんだよ。一度というか何度かだけど。まさしくここでね。和也くんはその時いなくて、颯斗くんが一人で撫子の絵を描きに来た雨の日、私が買い出しに行くから、店番をお願いしたことを覚えてないかな？」

雨の日、店番、撫子の絵を描いていた時、具体的な単語の羅列が頭の中で巡り、断片的な記憶を結びつけた。確かにそんな日があったことを思い出す。

そしてそれだけではない。その日、買い出しから帰った柏木さんが、ずぶ濡れの女の子を連れて帰ってきた。それ以上何があったかはまだ思い出せなかったけれど、あの日の女の子は、態度こそあかりとは正反対で、沈鬱な表情をして終始視線を落としていた気がする。

「はい、確かにそんな日がありましたね。その後で母親がすぐに亡くなったから、その記憶が重くてすっかり忘れていた気がします。柏木さん、あの日女の子を連れて帰ってきましたよね？　すごい暗い感じの表情してた子。もしかしてあの子があかりだったってことですか？」

柏木さんは、当たりだと言うように目を少し開き、静かに頷いた。

「そうなんだ。あの日商店街の人通りの少ない路地で、傘も差さないで泣いていてね。周りの人もなかなか声をかけようとしないで、通りすぎるだけだったから、見かねて私が話しかけて連れて帰ったんだ。今思うと、誘拐に間違えられなくてよかったよ」

柏木さんは控えめに微笑をこぼす。あの時の女の子の表情と、今のあかりの顔が脳内で一致せず、僕は混乱して二の句が継げずにいた。

「混乱してるね。無理もないよ。今のあかりちゃんとは全然違うもんね。まあ、今のあかりちゃんが本来の姿なんだと思う」

本来の姿？　ではあの時のあかりの沈鬱な表情は？　わけもわからず、僕はただ柏木さんを見つめることしかできなかった。見かねた柏木さんが、「颯斗くん」とお茶を差し出してくれた。貪るように、僕はお茶を喫する。お茶の香りとほのかな苦味が、心の深層を撫でるように染み渡る。僕は少し落ち着きを取り戻した。小さく息を吐き、おそらくこの話の核心と予想される点に疑問を投げた。

「すみません混乱して。でもなんであかりはその時、一人路地で泣いてたんですか？　親御さんは？」

柏木さんはそこでゆっくり視線を落とした。湯呑み茶碗から漏れ出る湯気が、次第に衰えていくことをはっきりと認識できるほど、柏木さんが話し始めるまでの時間の流れは永遠に感じた。

「そう。そこを今日は君に話したかったんだ。あかりちゃんにはお茶を持ってくる前に、追加の洗い物も頼んだから、まだしばらくは戻ってこないだろう。颯斗くん、受け止めてくれるかい？」

受け止める。その言葉の意味をいくら反芻してみても、姿が淡く輪郭すら掴めない。

「受け止めるっていうのは……？」

「ごめん、少し意地悪な聞き方だったね。重い話だから、覚悟して聞いてほしいんだ。あかりちゃんは話されるのを絶対嫌がると思うし、自分ではそれを言わない。いや、きっと言えない。だけど、颯斗くんには、知っていてほしい。私のわがままで、あかりちゃんへの配慮に欠けた行動だってことは前置きさせてくれ」

柏木さんはそう言うと、再び姿勢を直し、視線を僕に戻した。まだ、会話の内容が曖昧すぎて、何もわからない。

「あかりちゃんはね、小さい頃から勉強がすごくできたんだ」

いきなり重くない内容で予想外だった。でも確かにあかりの勉学の成績は、学内で秀でている。入学式から数日後、学年全体で学力テストが行われた。和也は当然、そして僕も奇跡的にその時は点数が良く、学年ランキングでは共に十位内に入っていた。そして、二位の和也と圧倒的な点数の差をつけて、小花あかりの名が一位の欄に燦然と記載されていた。ただ、当人は周りから称賛されても、喜びの兆しすら見せなかったことを不思議に思っていた。

「勉強ができたことと、泣いていたことは何か関係があるんですか？」

「うん。小さい頃からそうだったから、あかりちゃんのお母さんはとても将来を期待していたそうだし、小学校の担任の先生も同じだった。でもね、その期待があの子には負担だったんだよ。担任の先生は、あかりちゃんの成績が少しでも悪いと、ひどく叱責したらしい。お母さんを悲しませちゃダメだ、とかも何度も言われたそうだよ」

「ひどいですね。小学生にそんな酷な言い方……」

「うん、あらゆる情熱は人の視野を狭くさせることもあるからね。彼女にとってとてもきつかったのは、その担任の先生は周りからの評判がすこぶる良かったことだ。あかりちゃんは誰に相談しても、口を揃えて出てくる言葉は一緒だった」

「あの先生は素敵じゃんとかですか？」

よくある話だ。人の印象なんてものは、その人にとっての都合の良し悪しで判断される。そしてその判断を対象者全体の評価へと押し広げる。自分に対して優しいなら、その人は良い人認定される。人間関係の相談において、この認識の相違が相談者の心の隙間を大きくしてしまう。

「まさしくそうだ。それにお母さんには当然相談できなかった。担任の先生が嫌だとか、もっと遊びたいとか、そんなこと言ってお母さんを失望させたくなかったそうだ。あかりちゃんのお父さんは早くに亡くなってるから、それもあってお母さんを悲しませたくなかったんだろう。そして、あの日の出来事が起こった」

誰にも頼れず、彼女の心は限界を迎えた。右も左も、自分がどこにいるのかもわからなくなって、家に帰らず、というか帰ることもできず、雨が降っていても構わず、ただ路地で泣くことしかできなくなった。そこに柏木さんが声をかけた。そして僕とも出会った。

「颯斗くんが帰った後、私も一緒に家に行ってお母さんに事情を話した。その後は病院に行き、うつ病と診断されたんだ。それ以来お母さんは勉強の話をしなくなったそうだけど、家にいるとお母さんの気を遣った態度がしんどいらしくてね。お母さんの了承をもらって、気分晴らしに、中学生になってからはたまにうちで手伝いとして働いてもらってたんだ。徐々に心の調子も戻っているようだけど、心の病に完治という概念はないからね。心配だよ。本当に」

柏木さんは話を切り、小さく息を吐いてお茶を啜った。視線を周りの花に移し、諭すように言葉を続けた。

「颯斗くん、誰よりもあの子は優しい。でもね、その優しい心には、あの小さな肩には、大人の期待は重すぎたんだよ」

話し終えると、柏木さんは僕に視線を戻し、いつもの包み込むような笑顔をもって、漂う暗鬱な空気に光を差した。

縛られた心が緩んだ時、戸外の洗い場の音色が耳に届いた。あかりの富んだ表情の変化は、彼女の純粋な性質からのみではなかった。彼女の記憶の断片が柏木さんから伝えられた事実と結合する。まだ、感情の制御がうまくできないんだ。寂しげな表情をたまに見せるのも、自身の心に宿る黒い何かとの戦いに、ひどく疲れていたからだ。

前に母の病気を調べた時、ストレスも関わっていたから、うつ病のことも調べた。今思えば、あかりの一挙一動は本で見た症例と酷似しているものが多い。気づかなかった自分に対して怒りが募っていく。あかりは自分がそうであるのに、僕に時間を割き、元気づけようとしていたのか。なぜだろう。母のように、優しい人はなぜ自分が辛いのに他人を気遣うのかな。頼むから、自分自身を労ってくれ。そうでないと、身勝手な自分の心が崩れそうになる。

先生に話しかけられた時の、異常なハイテンションもそうだ。あかりにとって、先生は恐怖を呼び起こすファクターで、彼女の〝防衛本能〟という表現も納得できる。本当に全く気づかなかった。情けない。

「柏木さん、ごめんなさい。あかりが辛いのに、俺、たくさん彼女に笑顔をもらったし、助けてもらってました」

口の中から、仄かに血の香りが鼻腔を通り抜けた。強く唇を噛んだからだろう。自分を傷つけて、自己満足しようとしてる気がして、余計に自分に腹が立つ。

僕はこれと同じことを、母が亡くなってから続けていたのかもしれない。なんて弱い性根だろう。自分と正対することを恐れて、代償のいらない自己犠牲にひた走った。今も自分と闘い続けているあかりとは、正反対だ。柏木さんを見ると、小さく首を左右に振っていた。

「うつ病は難しいよ。外見は元気そのものであることが多い。悟られたくなくて、気を遣われたくなくて、無理に元気を装っている人もいる。でもね、颯斗くん。彼女のあの明るさは、無理もあるけど、彼女の本当の姿でもあると思うんだ。なぜあかりちゃんは元気になったと思う？　今、あんなに笑顔でいられると思う？」

「え、柏木さんがあかりを外に連れ出して、お店で働かせているから、じゃないですか？」

「それもあるだろう。でもね、覚えてないかもしれないけど、颯斗くん、あかりちゃんに絵を見せてあげたんだよ。君のお母さんが好きだって言ってた、ピンク色の撫子の絵をね」

そうだ。確かに絵を見せた。撫子の絵を見せて、何かを彼女に言った。

「お前、なんでそんな顔してんだ。元気出しなよ！　ほら、この絵見てみろ。花はこんなに綺麗だ。本当の花は、俺の絵なんかよりもっと綺麗だぞ！　周り見てみろ。すごいだろ？　いつでも絵を見せてやるから、元気出せって！」

柏木さんは安らかな笑顔で、あの日僕の言った台詞を、僕を真似て繰り返した。

「確かに言いました。なんか恥ずかしいですね……」

柏木さんは少し鋭い目つきになった。

「恥ずかしいもんか。あの言葉に、あの子は救われたんだ。君の笑顔に救われたんだ。私と一緒に家に帰る時、あの子、笑って言ったんだよ。本当にありがとうございますって。あの時の精一杯の、でも心の底からの笑顔は忘れられないよ。自分を誇りなさい」

柏木さんの言葉の温もりが体中に遍満する。大事な人に、何もしてあげられなかった。母の死からできた心の隙間が、静かに、心地よく埋められていく気がした。潤う瞳から溢れそうになる雫を、僕は必死に抑えた。

「重い話をしてしまってすまなかったね。今日の二人の姿を見て、どうしても颯斗くんには伝えたいと思ったんだ」

そう話す柏木さんの姿は、寂しさの取れた朗らかな雰囲気を帯びている気がした。僕は黙って首を横に振った。

話を終えると、ドアの開閉の音が店内に響いた。洗い物を終えたあかりが、僕たちの姿を認めると、笑顔でパタパタと駆け寄ってきた。

「あ！　柏木さん、それ芋羊羹ですか！　嬉しい！」

「ああ、あかりちゃん好きだろ？　洗い物本当にありがとうね。まだ奥に羊羹あるから、たくさん食べて」

「嬉しすぎます！　いただきます！」

お茶の熱さに無言で仰天の表情を見せ、先に羊羹を頬張りながら、あかりが思い出したように僕に尋ねた。

「あ！　颯斗くん！　今日少しは絵の助けになった？　助けになったなら嬉しいなあって思ってさ」

柏木さんの話を聞いたからか、彼女の思いやりに対しての尊敬がまた目を潤ませたが、気取られないように、また僕は必死に自分を抑える。柏木さんが「絵って何のことだい？」と目を丸くして言うので、あかりが事の経緯を素早く説明した。柏木さんも嬉しそうな表情を見せた。

「うん、もう何描くかも決まったよ」

僕は思わず笑って、あかりの方を見た。

「え！　本当に！　嬉しい！　何を描くの？」

「教えない。今は秘密。柏木さんはわかるかもなあ」

柏木さんを一瞥すると、全てを理解したのか、またあの安らかな笑みを僕に与えてくれた。

柏木さん、本当にありがとうございます。

「ちょっと、男二人のアイコンタクトやめてくれる？　いつの間に秘密を共有したの？　颯斗くん教えて教えてよお」

教えて教えてと駄々をこねるあかりを見ながら、僕と柏木さんは終始笑っていた。

彼女のために、僕は〝ピンク色の撫子の花〟を描くことに決めた。花言葉と向き合う。少しまだ怖いけれど、やってみる。

プリムラ

あかりとバラ園に行った翌週の土曜日、絵の構図を考えていると、突然家のチャイムが鳴り響いた。矢崎家の訪問者はまれだったのと、祖母が老人会の集まりで留守だったので、僕は急いで玄関の扉の鍵を開錠した。褪色した扉の隙間から光が漏れ出る。

「和也！　どうしたんだよ急に」

戸外では、心なしかむすっとした表情を浮かべながら、和也が立っていた。

「どうしたんだじゃないだろ！　颯斗！　なんで絵を描いてるって俺に言わなかったんだよ！　あかりちゃんからこないだ聞いたんだ。颯斗が親花祭に向けて、イルミネーションと一緒に飾る絵を描くことになったって」

「ごめんごめん。和也、最近部活とかで忙しくて、学校でもなかなか話す機会なかっただろ？　だから言えなかったんだよ。もちろん絵を描くと決まった時、和也とばあちゃんには一番に報告しようと思ってたよ」

というより、ここ最近なぜか和也に少し避けられているような、そんな気がして話せなかったのが本音だ。ただの気のせいだと思うし、特別気にしてはないけれど。

和也は少し表情を緩ませ、「まあいいけど」と小さく呟いた。お詫びに麦茶と和菓子をご馳走すると言って、和也を家に招き入れた。和食器で埋められた鳶色の食器棚から、不釣り合いな透明なコップを二個取り出した。

祖母の趣味で我が家には湯呑みしかなかったので、去年駅前の百円ショップで僕が買ってきたものだ。麦茶をコップに注ぎ、居間の椅子に座る和也の前へ差し出す。麗らかなハクセキレイの鳴き声が、窓外から聞こえてくる。

「それで？　なんでまた急に絵を描く気になったん？　あかりちゃんからそこのところ、詳しく聞けなかったからさ」

麦茶を啜りながら、和也は訝しげな顔で僕を見つめた。

「いや、正直言うと俺もあまりわかってない」

予想外の返答だったのか、和也は僕を見やった。

「え？　どゆこと？　周りが勝手に決めたのか？」

「いや、そういうわけじゃなくて、その場の流れっていうか。いつもみたいに断ろうとしたんだよ。でも頼まれたのが桜井先生だったから、すぐに言葉が出てこなくて。わかるだろ？　和也」

和也はまだ桜井先生の安らかな一面を見ていないからか、僕の言葉から瞬時に入学時の記憶を辿り、わざとらしい畏怖の表情を浮かべて、「確かに。俺も言葉出ないわ」と震える小声で言った。僕は思わず笑った。

「だろ？　でさ、そうしてるうちにあかりが横から入ってきて勝手に引き受けるもんだから、腹立ってさ。あかりに一言言おうと思ったら、あいつ凄い真剣な目つきで俺を見てきたんだよ。その表情になんだか押されて、引き受けたって感じかなぁ」

和也は少しの沈黙の後、「あかりちゃんらしい！」と微笑した。

「なるほどな。それで、何の絵描くかは決まったの？」

「ああ、撫子の花を描こうと思ってる。あかりには言ってないし、当日まではなんとなく内緒にしたいから、言うなよ？」

内緒の理由に対する問いが返ってくるかと予想していた。けれど、和也は喜色混じりの神妙な表情を浮かべていた。和也の心情をいくら推察しても、全く見当がつかなかった。

沈黙に耐え切れず、僕は和也の返答を待たず言葉を続けた。

「どうしたんだよ？　和也、凄い顔してるぞ」

「あ、ごめんごめん」

麦茶を飲んで、和也が再び低いトーンで話し出した。安心した表情をしている。

「颯斗は、あかりちゃんが好きなんだな」

「はい？　なんでそんなっ」

「いいよ隠さなくて。最近、目で追ってるのバレバレ」

和也め。こやつは本当に油断ならない。

「……誰にも言うなよ?」

「言わねーよ。でもなんで好きになったの?」

僕は記憶を辿る。ごまかすことも考えたけれど、和也には無理だろう。正直にいく。

「あの日、校門で俺を助けてくれた時から気になり始めて、でもその気持ちがよくわかってなかったんだけど、花に夢中になってる姿とか見てたら、どんどんあかりから目が離せなくなって、好きなんだって気づいた」

和也はニヤニヤしながら聞いている。とても腹が立つ。

「おい。真面目に聞けよ」

「悪い悪い! いやあ、いいねえ。で、話変わるけど、撫子、大丈夫か? お母さんのこと、思い出して辛くならない?」

からかってるのか、心配してるのか、今日の和也はよくわからない。

「心配してくれてありがとう。でも大丈夫。今更だけどさ、ずっとうじうじしててもしょうがないし。あかりへのお礼も込めて、また撫子の絵を描いてあげたいって思ってさ」

「またって?」

和也は目を見開く。僕に視線が集中しているからか、空になったコップを啜っている。

「なんでもいいだろ! この話終わり! そういえば、最近部活とかどうなんよ?」

強制的な話頭の方向転換には触れることもなく、思い出したように「あ!」と和也は叫んだ。

「そうだそうだ。今日はこれも伝えたかったんだ。忘れるところだった。颯斗、親花祭当日は特に予定ないよな？」

「うん、もちろん」

「よかった！　あかりちゃんとは少し話したんだけど、四人でカフェでもやらない？」

親花祭はその規模の大きさから、出店や出し物を希望する生徒も多い。都度受け入れていると際限がないため、出店希望の生徒は、早めの五月末までに所定の用紙に記入の上、職員室の専用ＢＯＸに投函、提出する必要がある。四月末のクラス会でも、担任から周知があった。その時は和也もあかりも何も言っていなかった。

「いや、なんで急に？　別に俺はいいけど、あれ五月末までに用紙提出しないといけないんだよね？　もう過ぎてるから、無理じゃない？」

和也はまたニヤニヤ笑う。

「颯斗。俺を誰だと思ってんだ。その辺は抜かりないよ。申請は期限内に済ませてる。もし颯斗が嫌がって、結果なしになっても、その時はなくなりましたってキャンセル依頼をすればいいしな」

その抜かりのなさを、僕への事前報告に配することはできなかったのかと、僕は心の中で呟く。和也の高揚した声色に気圧され、あまつさえ浮薄に同調した手前、断る選択肢は用意できなかった。

「わかったよ。やろう。でも、さっき四人って言わなかった？　和也とあかりと俺と、後一人は誰？」

「ん？　誰って、香取さんに決まっててんじゃん」

僕は口に含んでいた麦茶を、危うく溢しそうになった。

「は？　なんで香取さん？」

「なんでってて、何言ってんの。あかりちゃんとは親友だし、俺とは同じバスケ部だし、適任だろ？」

「そうじゃなくて！　香取さん、俺を確実に嫌ってるじゃん！　見てればわかるだろ？　和也だって」

クラスで顔を合わせれば、香取早苗はその度に敵意剥き出しの視線を僕に向ける。特にあかりが僕に話しかける時は、敵意が殺意に変質したような、刺すような視線を僕にぶつけてくる。これは入学してから、ずっと変わらない。

「嫌ってはないだろ！　颯斗があかりちゃんに変なことしないか、親友として気にしてるだけだよ。考えすぎだって」

日常の学校生活の中で、あれだけの証拠を和也も目にしているはずなのに、考えすぎの一言で主張を片付けられて不満が一気に募った。ただ反論して空気を悪くしたくなかったので、言葉にするのはやめた。僕の態度から何か察したのか、和也が申し訳なさげに両手を合わせる。

「悪かったよ。颯斗に何も言わないで決めて。部活とかでいろいろバタバタしてたし、颯斗に相談したら絶対断ると思ったからさ」

「親友の和也くんに免じて、許す」

あかりの癖が伝染したのか、僕はわざとらしく頬を軽く膨らませて和也の提案に同意した。

「やり！」と得意げになる和也を横目に、僕は窓外に広がる薄明の空を眺めた。

「ちなみにさ、颯斗」

「ん？」

「お前、まさか香取さんにまで気があったりすんの？　二人の会話のテンポいいなって思ってさ」

こやつは何を言ってんだ本当に。言い合って、というか一方的に僕が絡まれているだけなのに、どうやったらそう見える。

「はあ？　んなわけないだろ。変なこと言うなよ」

急にテンションが下がって、「そうだよな」と目を逸らす和也の行動を不審に思いながら、僕は麦茶を飲み干した。

七月も中旬に入り、親花祭まで三ヶ月を切った。夏季休暇は部活が盛んに行われるため、生徒同士が集まれないとなると準備期間はそれほど長くない。出店や出し物を申請した生徒たちは夏季休暇を除き、適度に部活を休み、放課後は各教室で親花祭の準備に取りかかった。ただ僕たちは別。和也と香取さんは、ほぼ準備に参加できない。昨年から就任したバスケ部の監督が著名人で部全体の温度が今年は特に高まり、練習を休む暇もないらしい。自分から言い出しておいて、準備はできないって何なんだと思う。もしや和也は、僕とあかりを無理にくっつけようとしてるのではないか。と、邪推する。

というわけで、今日の放課後は、カフェの装飾に必要な物をあかりと買い出しに行く予定になっている。

「トイレ行くから、ちょっと待っててね」と言って駆け出すあかりの後ろ姿を見届け、僕は教室の天井を仰ぎ見た。ここ最近はあかりとの親花祭の準備や園芸委員の活動で時間が作れず、撫子の絵は描けていない。夏季休暇になったらいよいよ描くことになるけれど、本当に向き合えるか少し不安だった。

「矢崎くん、お疲れ」

突然話しかけられ、驚きで体が戦慄いた。話しかけてきたのは、クラスメイトの葉村亮だった。彼はクラス一の美青年で、端正な顔立ちと、いい具合に額にかかった前髪が柔和な雰囲気を演出している。背は僕より少し高いくらいで、おそらく百七十センチちょい。部活はサッカー部で、王道の恋愛漫画にありそうな設定の人物だ。クラスの女性たちが執拗に彼に話しかけ、思い思いの成就を目指して奮闘している勇姿をよく見かける。彼が僕に話しかける理由を考えてみる。無理だ。全くわからない。

「矢崎くんさ、小花とはどういう関係なの？　付き合ってるの？」

僕は納得した。このような尋問は、ここ数ヶ月の間頻繁に受けてきた。「小花さんと付き合ってるの？」壊れた人形のように繰り返されるその台詞の再生は、今日も僕の耳に届けられた。クラス一の美女が大して目立たない僕に構っていれば、必然的にこういった疑念は周囲の人間の中に生まれる。ただ、これほどの美青年なら、僕とあかりの関係性を気にかけなくても、彼の何かしらの思いは、行動すれば簡単に叶うだろうに。

「葉村くん、どうしたの急に。部活は？」

話頭の転換に含んだ僕の意思を、彼は汲み取らずに強く無下に踏み締めた。

「今日はミーティングだけだったんだ。もう終わった。話を逸らすなよ。どうなんだ？」

少し苛立ちを帯びた、鋭利な視線が僕に突き刺さる。何を言っても、この場が丸く収まることはなさそうだ。

「付き合ってないよ。ただ小花が仲良くしてくれてるだけ。葉村くんが思ってるような関係性では全くないから」

「そうか、よかった。なら心置きなくアタックできるってわけだ」

心がざわめく。その不安に見栄を張るように、思ってもいない言葉が口から出た。

「どうぞ。小花はもうすぐ戻ってくると思うよ」

葉村くんは、「やった！」と小さくガッツポーズをした。僕は何を言っているのだろう。かと言って、「俺が気になっているから、お前は手を出すな」なんて漫画のような台詞は言えない。時を見計らうように、あかりが駆け足で教室に入ってきた。

「ごめーん！　途中で先生に呼び止められて、遅くなっちゃった。って、え、葉村くん？なんでいるの？　二人が仲良いなんて知らなかった」

「いや、たまたま葉村くんが俺に話しかけてくれただけ」

「いやなるほど〜ってならないよ！　葉村くん、何か用でもあったの？」

あかりはどんぐりまなこをさらに見開いて、葉村くんを凝視する。この後の自分の未来を知らずに、その瞳は高揚している。

「ああ、小花に用があったんだ。少しいいかな？」

この状況で何もできない自分が憎い。窓外から聞こえるカラスの鳴き声が、本当にあほうと言っている気がして、「わかってるけど、何にもできないんだよ」と、心の中で悔しがった。「大丈夫だけど」と戸惑いながらもあかりは小さく頷いて、葉村くんに連れられ教室を出た。

グラウンドから届く快活な野球部員の喚声もあって、二人の声は漏れ聞こえてこないけれど、内容は想像できる。葉村くんの懸想は成就するのかどうか。ざわめく心を抑えられない。教室内に数人いたクラスメイトは、いつの間にかいなくなっている。僕は一人うろうろしながら、すりガラスにぼんやり映る二人の姿を、ちらちら見ることしかできなかった。

時間にして一、二分だろうか。会話の内容を鑑みると早すぎる気がするけれど、あかりはまた元気よく教室に戻ってきた。取り残された葉村くんの輪郭は、しばらく動きを止めていたが、軽く揺動しながらゆっくり去っていった。

今あった出来事を切り取ってしまったかのように、あかりの表情と周りの空間は前後で全く変化していない。葉村くんとのやり取りが本当にあったのか、夢だったのか。自分の意識に疑問すら抱く。

「ねえ、早すぎない？」

「え、何が？」

「何がじゃないよ。葉村くんに告白されたんでしょ？　さっきあかりにアタックするって言ってたし。世の青春物語が腰を抜かすくらい戻ってくるの早すぎでしょ」

僕の発言に、「何その表現ウケる！」とあかりは笑う。僕の経験が少なすぎるのだろうか。告白という青春イベントの後は、もう少し感慨深い空気感が流れるものでは？　そうでもないのかな。

「うん。告白された。びっくりだよね。すぐに断ったけど」

あかりはわざとらしく、両手を後頭部に当てる。彼女のこういったイベントの熟れ具合は、相当に高いものなのだろう。そして僕が先ほど感じた不安は、いつの間にか消えていた。人の失恋を喜ぶ自分が、いやに情けなくなった。

「なんで断ったの？　イケメンでクラスの人気者。君と付き合ったら美男美女カップルだよ」

「あれ！　なに、私をやっぱり美女って思ってくれてるの？　いやあ、照れるなあ」

呆れ顔になる僕の顔を一瞥して、あかりは少し声のトーンを落として言葉を続けた。

「ごめんごめん。いや、私の好きなタイプじゃないもん。相手を大して好きでもないのにOKしたり、いたずらに答えを延ばしたら失礼でしょ？　だからすぐに断った」

「タイプねえ。あかりの好きなタイプってどんなの？」

脳の指令を無視して溢れ出た質問だった。踏み込みすぎたかと思ったが、あかりは「うーん」と考え込み、目を閉じて後ろを向き、少し間をあけて答えた。

「誰かのために一生懸命になれる人かなあ」

容姿や性格のタイプを想像したけれど、あかりの異性への好意の基準は、高校一年生である事実を考慮するとかなり大人びている気がした。

「そんな善人なかなかいないでしょ。もっとハードル下げた方がいいんじゃない？　ざっくり優しい人とか」

「えー、いないかなぁ。私のとっても仲のいい男の子は、まさにそうなんだけどなぁ」

僕を顧みたあかりは、あざとい笑みを浮かべていた。彼女の視線と笑みから心情を推察したけれど、声には出せず頬が紅潮した。あかりも同じなのか。いやいやあり得ないとは思うけど、期待してしまう自分の高ぶる感情が増していく。暑熱を幾分含んだ風がカーテンを揺らし、僕の全身を撫でた。彼女の髪も揺動し、甘美な香りが微かに鼻腔を温めた。撫子の花の影像が、頭を過ぎていく。邪気のない沈黙が空間の音を絶った。

「あかり……さ」

沈黙をゆっくり寸断するように言葉が漏れ出る。しかし、喉を出かかっている言葉の詳細が自身でも掴めない。そんな僕の逡巡を叱るように、教室のドアの荒々しく開かれる音が響き、僕を現実に引き戻した。そこには、香取早苗が立っていた。

「あかりと矢崎くん？　何してん……の？」

「あれ？　早苗、どうしたの？　今日は部活じゃなかったの？」

あかりは先ほどと同じように、神妙な沈黙などなかったかのように、いつもと変わらぬ態度で応対していた。

「監督に急用が入ってさ、解散になったの。というか、矢崎くん！　またあかりにちょっかい出してんでしょ！」

流転する状況に頭が追いつかない。いきなり投げつけられた冤罪に対しても、すぐに反論できなかった。

「いやいや！　早苗違うの！」

あかりには一瞥もくれず、彼女は僕をいつもの鋭い視線で睨み続けていた。

「今日の買い出しは、私とあかりで行くから」

両手を振って慌てるあかりを無言で制止して、敵意に満ちた視線を僕に向け続けた彼女は、あかりの手を引いて強引に去ってしまった。

僕は呆然と佇むことしかできなかった。柳田先生が窓につけていた風鈴がチリーンと鳴る。このタイミングはナイスだけど、虚しすぎる。そして入れ替わるように、困惑した顔を浮かべ、和也が教室に入ってきた。

「颯斗、なんかあった？　香取さんぷんぷんしながら、あかりちゃんと歩いていったけど」

事の顛末を訥々と語り終えると、「なんか、どんまい」と和也が頬を引き攣らせて慰めてくれた。窓際に飾られたポピーの花が、頭を垂らして力なく揺動していた。

赤色のシクラメン

八月、大安高校は約一ヶ月間の夏季休暇に入った。生徒の熱気は過ぎ去り、しんとした学内には時折、部活動に勤しむ生徒たちの声だけが響き渡る。学舎は活気に満ちた空間という前提がそう感じさせるのか、時折現れては消える疎な声が、もの寂しい空気を生んでいる。

大安高校の体育館は、校門を入って左に進んだ先、職員と来賓用の駐車場の奥に位置している。入り口では、生徒から溢れ出た体熱が行き場を失い、堆積し、陽炎のように揺れ、来訪者の体を舐めるように撫で回してくる。

館内を進むにつれて、汗の生臭い匂いが鼻を襲い、来訪者の足並みに重しを付けてくる。大安高校に限らず、学校の夏の体育館はどこも変わらず、小学生の時から経験を重ねた僕にとっては、日常の生活と同じ感覚で過ごすことができる。夏季休暇中はバスケ部の練習が盛んになるため、颯斗やあかりちゃんとは会うことができないだろう。親花祭の準備にも、当然参加できない。終業日、各々でできる準備をやろうと言葉を交わした。正直、颯斗とあかりちゃんが早くくっついてくれたら、自分の目的は達成なんだけど。

バスケ部の練習といっても格別のものではなく、筋トレや基本動作の反復を行うだけだ。体育館を二面に分け、奥のステージ側が女子バスケ部、手前の入り口側が男子バスケ部の練習場となる。シューズの床に擦る甲高い音が小刻みに鳴り、バスケットボールの床に打ち付けられる音がリズミカルな旋律を奏でる。

そしてバスケ部を取り巻く環境は、彼女がプレーを始めると一変する。

香取早苗は中学時代も多少名の知れたプレーヤーで、僕もその名前は聞いたことがあった。そんな彼女が、強豪ではないこの大安高校のバスケ部にいる不相応は不思議だったけれど、バスケ部の監督に昨年就任した竹林先生が元全日本代表であり、彼の指導を仰ぎたい一心で入学したと後から本人が教えてくれた。もちろん、彼女の親友であるあかりちゃんがいたことも大きな要因であることは言うまでもない。

香取さんはその実力もさることながら、男子バスケ部員が揃って陶然して眺め見るほど、均整の取れた顔立ちをしている。颯斗にはいつも厳しい態度を見せているが、あれが異常なだけであり、普段は快活で明るく、他者に気を配ることのできる優しい子だ。あかりちゃんと仲がいい理由もわかる。僕も香取さんも、入部してすぐにレギュラーに選出された共通点が助けとなり、話す機会が多くあった。彼女の人となりに好意を抱いていたことは、自分でもよく理解していた。

「皆木くん！　今日もお疲れ様！」

練習が終わり、水道水で頭を洗っていると香取さんが話しかけてきた。いつも、有名スポーツブランドの黒いリストバンドを両腕に付けている。あかりちゃんから誕生日プレゼントでもらったものらしく、ずっと大事にしているそうだ。シューズケースを携え、額には汗を滲ませている。

「お疲れ様！　今日も疲れたね」

「いや本当に！　竹林監督、容赦なさすぎ。まぁ、楽しいからいいけどね！」

あかりちゃんに似てよく笑う人ではあるけれど、その笑顔はどこか大人びていて、洒脱な雰囲気を帯びている。高嶺の花。そんな言葉が、よく合う人だと思った。

「皆木くん、今日も行っとく？　コンビニ！」

練習後は、よく香取さんと駅前のコンビニの外のベンチで、有名な某乳酸菌飲料を飲みながら談笑する。僕にとって、幸福だけど何か満たされない。そんな時間だ。

「いいね！　今日も行こうか！」

僕の快諾に「やった！」と元気な声を響かせ、その声に急かされるように僕は帰り支度を整えて一緒に体育館を後にした。

校門を出て、蝉時雨の降る寺の境内を歩きながら、最近香取さんから感じる違和の正体に思慮を巡らせていた。

練習は流麗なプレーでこなし、それ自体は僅かな乱れもない。ただ、たまに心ここにあらずといった表情で虚空を見つめる姿を目にする。普段とのギャップからか、強く僕の意識を惹きつける。ただ、彼女の悩みを見つけようといくら考えても、皆目見当もつかない。

薄暮に覆われ、鬱蒼と茂る木立が虚無感を煽り、香取さんとの時間を暗鬱たる時間に変質させようとしていることが、自身の無力さと合わさって、少々腹立たしかった。香取さんに勘づかれないように平静を装い、竹林監督の武勇伝を語りながら、僕たちは蝉時雨の中を歩き続けた。

駅前のコンビニは、大安高校の生徒御用達だ。以前、コンビニ前が生徒のたむろと化したことで、騒音に対してのクレームが近隣住民から学校に入り、生徒の立ち寄りを一定期間禁止されたことがあったと先輩から聞いた。その名残なのか、複数人で大安高校の生徒が来店すると、他の客や店員から白い目で見られている気がする。そのため、いつも商品の購入を迅速に済ませ、外に設置されているベンチに座って乳酸菌飲料を飲むことにしている。

外のベンチは複数あって、僕たちの他にも毎回利用者がいるため、格別の気まずさはない。そして今日も同じくベンチに腰かけ、香取さんと一緒に乾杯した。

「いやあ！　練習後のこれはやっぱりたまらないね！　くうーってなる！」

お酒を飲んでいるわけではないけれど、香取さんは高揚からか頬を赤らめ、仕事終わりのサラリーマンみたいな達成感に満ちた表情をしている。

「あれかな、乳酸菌が効くのかな、疲れた筋肉に」

「え、そういうこと？　さすが皆木くん、頭いい！」

「いや、知らないけどね」

「ウケる、適当！　私が馬鹿だからってひどいなぁ」

颯斗以外はいつも勉強の話や進路の話をされるので、香取さんとの中身のない会話は心地よかった。ストローを通して口に運ばれ嚥下された乳酸菌飲料は、体中を巡り疲労した筋肉を、優しくマッサージしてくれているような気分になる。

日は地平線に没し、アスファルトの道は外灯の光を明々と照り返す。幻想的に白く染まる街道が、夜の街を彩る。

これから合コンでも開催されるのだろうか。向かいの通りにあるカラオケ店の前では、数人の女性が嬌声を上げながら、男性たちと一緒に店内に入っていく。

「暗くなってきたね、香取さん。そろそろ行こうか」

街道を眺めながら話しかけても、返事が来ない。「香取さん？」と首を巡らせると、香取さんがカラオケ店の方向を見ながら、沈痛の表情を浮かべていた。

「香取さん、大丈夫？」

「え！　あ、うんごめん。何だっけ？」

彼女の顔は、今までと異なり截然と困惑の色を滲ませている。心情を推察するより先に、累積した疑念が口より溢れ出た。

「ごめん、聞いちゃいけないかもだけど、最近よく塞ぎ込んだ顔してるよね？　みんなにバレないように、練習の合間とかに。終業式が終わったあたりからだと思う。何か嫌なことでもあった？　何ができるかわからないけど、俺でよければ話聞く」

「ううん。ありがとう、大丈夫。皆木くんは優しいね」

真情が伏せられていることは、視線を落とす彼女を見れば簡単にわかる。あえて遠慮を加えず、僕は言葉を続けた。

「気を遣わなくていいから。香取さんは確かにいつも元気でみんなもそう言っているけど、そんなのに縛られる必要ないよ？　きつい時は頼っていいんだから。よかったら話してくれないかな？」

それを聞くと、香取さんは僕に視線を戻した。驚いた表情を見せたのは刹那のことで、すぐに瞳は潤み、また視線を落とした。

「本当に優しいね、皆木くん。ありがとう。皆木くんにはすごく言いにくいんだけど、矢崎くんのことなの」

「颯斗の？」

微風が心を不穏に揺らす。俯きながら語る彼女の髪が、僕の心と連動するように微かに動く。

「うん。私、矢崎くんについつい強く当たってるでしょ？　みんなからもそう見えるよね？」

「え、うん確かにそれは否定できないけど、でもあれは親友のあかりちゃんのためを思ってだし、颯斗にも前にそう言ったよ。クラスのみんなも全く深刻に考えてないと思うよ」

よかった。最悪の予想は外れた。そう胸を撫で下ろしたのも束の間、彼女から間髪入れずに語気の強まった否定が返ってきた。

「違うの！」

街路樹がざわめき、不穏な旋律と陰湿な空気が僕の頬に届けられた。

「違うの、そうじゃないの。私、私ね。初めて会った時から矢崎くんが気になってたの」

彼女の告白。ピアノ線で心が縛られたように、瞬時に強い痛みが胸中を駆け回る。

「その感情が好きってことなのかはよくわからなかったの。でも、あかりと仲良くしている姿を見ると、自分の中で、なんていうか、黒い嫌な感情がどんどん沸き起こってきて、ああ、私嫉妬してるんだって。あかりに、親友に、嫉妬してるんだって。何もしたくないのに……。それでも矢崎くんに強く当たって、引き離してやろうって思いになってる自分の感情に気づいて、自分が本当に嫌になった。終業式の少し前、あかりを引っ張って買い出しに行ったの覚えてる？　皆木くんとすれ違ったもんね」

僕は彼女の問いに、黙って頷くことしかできなかった。

「あの後、買い出ししながら、あかりにも少しイライラをぶつけちゃったの。なんであんなやつと仲良くするのとか、ずっとそんな調子だったから、あかりも最後の方は黙ってて、それにまたイライラして、不貞腐れたまま別れちゃって、今も気まずいままでさ。私何してるんだろうって。でも考えれば考えるほど、黒い感情が出てきて、自分が嫌で嫌でしょうがなくて……」

話し終える頃には、彼女の声は嗚咽混じりになっていた。彼女のことを真っ先に考えて、慰めの言葉をかけなくてはいけない。わかっているのに、自分よがりの感情が優勢に立とうとする。

颯斗への嫉妬。颯斗への幼稚な憎悪。自分の親友に、恩人に、なんて感情を抱くのだろう。ずっとそうだった。子供の時から絵がうまくて、周りからチヤホヤされていた颯斗が羨ましかった。だから勉強もバスケも、人一倍努力したつもりだ。

正直言って、香取さんの颯斗への気持ちは早い段階で勘づいていた。香取さんも、よく見惚れたように颯斗の姿を追っていたから。僕が目を向けても、その視線は一回も合わないのに。バスケ部という共通の居場所がないと、彼女は僕に意識を向けない。嫉妬からなのか、ここ最近は颯斗を避けてしまっていた。もし香取さんの颯斗への気持ちが本当なら……。

引き離したくて、無理やり親花祭の出し物を申請した。僕と香取さんは部活でほとんど参加できないはずだ。そうすれば必然と、颯斗とあかりちゃんの二人の時間が増える。そんな醜い企てをする自分が、許せなかった。颯斗に、あの時助けてもらったのに……。

自分の心はなんて汚いんだろう。香取さんが抱いた感情と行動は、決して褒められたものではないかもしれない。それに、彼女の表現する黒い感情に、同じように支配されつつある自分が、どうこう言えるものでもない。

高速で疾駆する感情の断片を必死に掴んで集めると、あの時の、いじめから守ってくれた時のいたいけな笑顔と共に、颯斗の言葉がリフレインのように再生された。自分が哀れになった。颯斗、ほんとにごめんな。こんな親友で。

「香取さん、俺たちは同じだね」

「え？」

「俺も、香取さんと同じなんだ。同じ感情に囚われて、つい最近自分が嫌になった。でもさ、別にいいと思うんだ。人が人を好きになるのは、全く悪いことじゃない。それに、嫉妬することだってそうだよ。人間誰しも、そんな時はあると思う」

自分に言い聞かせるように、丹念に言葉を紡いでいく。香取さんは、僕を見つめて黙っている。

「香取さんはさ、嫉妬して、それに悩んでるでしょ？ それってすごく素敵なことだと思う。だって、優しい人じゃなきゃ、そこまで思えないもん。嫉妬して、ひどいこととして終わりの人だってたくさんいる。でも香取さんは、そうじゃない。悩める人。俺はそんな香取さんが、本当にとても素敵だと思う。颯斗に対してだけじゃなくて、好きだって感情に、素直になっていいと思うんだ」

香取さんに対しての、率直な感懐だった。彼女の辛い叫びに対して、自分ができる精一杯だった。彼女の心を後押しする発言。自分だって好きなくせに、バカだなって思う。でも、香取さん以上に、僕は颯斗が大好きなんだ。その好きな気持ちに、正直になりたい。

「ごめん、大したこと言えなくて。見栄を張って、話聞くとか言って、ダメダメだね」

彼女は瞳をまた潤ませ、激しく首を左右に振った。僕の腕に、温かい雫が付いた。

「ありがとう。皆木くん、本当にありがとう。すごく、すごく楽になった。それで、自分の気持ちに決着をつけられた気がする」

溢れる涙は悲しみを内包したものではなくて、どこか安らぎを含んでいる気がした。その姿に、僕も安堵した。

しばらくあかりちゃんと颯斗の思い出話をして、帰ろうとした時だった。仕事終わりの帰宅ラッシュは過ぎていて、辺りはしんとしていた。コンビニの室外機が周辺に稼働音を響かせている。そしてその音を掻き消すように、小刻みに街道に擦れる靴の音が僕たちに近づいてきた。

「早苗！」

快活な聞き覚えのある声だった。あかりちゃんが額に汗を滲ませながら、駆け寄ってきた。突然の来訪者に、香取さんも驚きを隠せないでいた。

「あかり……？　なんで？」

途切れ途切れの息を整え、あかりちゃんは決然とした目色で香取さんと視線を合わせる。

「早苗、ごめんね。買い出しに行った時、早苗が怒ってる理由がわからなくて、私もイライラしちゃって、ひどい態度とった。本当にごめんね。どうしても謝りたくて、部活帰りの時間に学校行ったら、もう帰ったって言われて。それで一度は家に戻ったんだけど、和也くんとよくここに来るって聞いたの思い出して、それで、それで、まだいてくれてよかった。早苗！　本当にごめんね！」

あかりちゃんは深々と頭を下げた。予想外の状況ではあったけれど、今、僕が言葉を挟むべきではないことは明白だった。

「違うのあかり！　違う、私のせいなの！　私、矢崎くんのことを好きになって、それで、あかりに嫉妬してひどい態度をとってしまったの！　本当に、本当にごめんね……。許してなんてむしが良すぎるけど、本当にごめん……。皆木くんに相談して、優しい言葉をもらって、私気づいたの。確かに矢崎くんのことは好きだったけど、でも、でもそれ以上に私はあかりが好きなの！　大事なんだって気づいた。だから、だから！」

あかりちゃんは、強く香取さんを抱き締めた。瞳からは大粒の涙が溢れ落ちていた。それは、香取さんも同じだった。

「ごめんね、早苗。気づけなくてごめんね。言ってくれてありがとう」

香取さんはごめん、ごめんとあかりちゃんの胸の中で泣き続けた。一瞬、あかりちゃんの目がこちらに向いた。ありがとう、と言われている気がした。

場違いな想念ではあるけれど、あかりちゃんのような人が颯斗の側にいてくれて、本当によかったと、僕は心の底から思った。

カモミール

机に向かう。椅子が軋む。鉛筆を持つ手が震える。頭が真っ白になる。だめだ。母さん、どうしても思い出すんだ。日に日に痩せ細った母さんの体を。点滴のせいでボロボロになった右腕も。絵を描こうとすると、どうしても思い出してしまって、頭が空っぽになる。どうすればいい？　教えてよ。

描く絵は決まった。ピンク色の撫子の花。でも描けない。イメージは鮮明にある。後は紙に描くだけなのに、それができない。

「ピンクのなでしこは、どんな感情を持っているの？」

あの日の記憶が呼び起こされる。僕はスマホを手に取って、〝ピンク色の撫子の花〟と調べた。画面の上から三つ目に、花言葉と書かれたリンクがある。母さんの姿がフラッシュバックして、手の動きを拒絶する。

向き合わないと、何も始まらない。あかりは今も自分の病気と向き合って、そして戦っているのに、自分だけ逃げるわけには、もういかない。

リンクを開くと、太字で書かれた花言葉が表示された。体が震える。視界が朧になる。画面に、ゆっくりと雫が落ちる。

〝純粋な愛〟

僕の脳内で、母さんとの記憶が闇夜の蛍火のように煌めき浮かび上がってくる。辛い思い出だけじゃない。一緒に病室で塗り絵をしたこと。ちょっと怖い看護師さんをチラ見しながら、一緒にその人の似顔絵を描いたこと。病院の一階にあるコンビニに、一緒に母さんの大好きなチョコを買いに行ったこと。僕の描いたピンク色の撫子の絵を、いつも病院中の人に見せていた母さんの笑顔。病院での思い出ばかりだ。でも、僕にとって幸せな記憶。撫子の、愛の記憶が繋がって、それが支えになって、僕の手は自然と動くようになった。

今は、自分が好きな人に、あかりのために、記憶の撫子を頼りに紙面に花を描いていく。記憶の奥の奥へ、自分を入り込ませていく。鉛筆を削る音。微かに香るヒノキのような心地のよい匂い。脳内に広がる世界が色めき立つ。それは、絵が進み出すサイン。一気に筆が進む。いつの間にか、自然と笑みが溢れていた。絵、好きなんだな。こんなに。

描かれた撫子の花は、完成前にもかかわらず、今にも風に揺られそうなほど、生き生きとしていた。水彩絵の具で、ピンク色に着色しよう。僕は静かに、筆を水に浸した。

アングレカムとハナニラ

夏季休暇も終わり、九月に入り始業式を迎えた。ここから約一ヶ月間、親花祭を間近に控えているという理由から、放課後はどこの教室も慌ただしく空気が揺れる。

夏季休暇の間、和也と香取さんは部活で忙しく、あかりは再開した花屋の手伝いでバタバタして、僕も撫子の絵を仕上げるために家に籠っていた。というか、筆が進まなくて、花言葉を調べるまで部屋で悶々としていた。そのため、みんなと会うことは二回しかなかった。カフェ出店の内容的には、二回の会議で十分だったけれど。

ただ毎日内容のない四人のSNSグループでの連絡は続いていて、お互いの近況は大雑把に把握していたけれど、それにしても僕以外の三人が妙に仲睦まじい印象を受ける。新学期が始まってからだ。

特に以前と異なる点が、香取さんの僕に対する態度だ。鋭利な空気はどこかに消えていて、他のクラスメイトに対するのと変わりのない態度になった。前は授業中でも時折視線を感じていたけれど、今はそれもない。

準備に参加できない和也と香取さんを置いて、放課後はひたすらあかりと準備に勤しんだ。気にしないでとは言いつつも、和也のやつ、本当になんで自分からやるって言い出したんだ。

こないだなぜか、深刻なテンションで謝られたけども。なんのことだよ。

ちなみにあかりの僕に対する態度は前よりもさらに明け透けになって、話しかけてくる頻度が増した。既に完成した撫子の絵を、彼女はどのように見て、どのように感じるのだろうか。期待と不安の混交する感情を抱きながら、僕は親花祭までの日々を忙しなく過ごした。


親花祭当日まで時間は足早に過ぎていった。外気は暑気から清涼な空気に変わる過程に差しかかっていた。見上げれば空を覆う鰯雲。下を見れば校舎に咲く撫子の花。秋の季語として相応した凜とした佇まいを見せている。今日から二日間、親花祭が開催される。

父母含め、一般の来訪者が大挙するイベントであるから、どの生徒も朝から浮ついている。ただ、生徒たちの出し物が目当てというより、一般の来訪者の目的のほとんどは校舎を彩る花々だった。ＳＮＳ等で話題にはなりつつも、昨今の学校の厳格なセキュリティーに庇護されたこの名所は、その制限も相まって来訪者の欲を日々増長させていた。

校舎に入るや否や、多くの人がスマートフォンを掲げて花々を写真に収めている。校門付近では、桜井先生と事務員の中村さんが校内地図と親花祭のパンフレットを配っていた。

努めて明るく振る舞う桜井先生だが、やはりその威厳のある顔には誰もが萎縮するのだろう。中村さんの方にだけ、案内冊子一式を受け取ろうとする人が列をなしていた。

そういえば、親花祭の準備は中村さんにも手伝ってもらった。半ば無理矢理。中村さん、ごめんなさい。

僕たち四人は、特段捻りのないカフェを教室の一画に構えている。メニューはアイスカフェラテと、撫子スペシャルの二種類だ。

撫子スペシャルの正体は至って単純で、柏木さんの花屋で以前お客さんに出していたレモンティーだ。あかりが店の手伝いをしながらレシピを教えてもらい、実際に作ったこともあったため、僕以外の全員一致でそれに決まった。

柏木さんの了承はもちろん得ているとあかりは言っていたけれど、そもそもこれは商法的に何かまずいことをしているのではないかと、学生の足りない脳を目一杯押し広げて主張したが、全く聞き入れられなかった。

あかりは教室前で非凡な才能を発揮していた。残像が見えるんじゃないかと思うくらいに素早く左右に動き回り、いつもの透き通った声で客を引き込んでいた。彼女の外見に惹かれたのか、他校の男子生徒が客層の大半を占めていた。数分に一度のペースで連絡先を聞かれるあかりは、もはや職人の域と表現するに憚《はばか》らないほど、慣れた様子で瞬時に相手を撃退していた。

あかりの活躍もあり、特にレモンティーが飛ぶように売れ、お昼過ぎには用意していた分はすぐに底をついた。

「いやあ、達成感！　私たち一番繁盛してたんじゃない？　早苗もそう思うでしょ？」

「ほっとんど、あかりのおかげだと思うけどね。あ、そうだ！　早く終わったし、矢崎くんと親花祭回ってきたら？　片付けは私と皆木くんでやっておくからさ。あかり、中学の時もこういうイベントの時に告白されたりして、ちゃんと楽しめたことないでしょ？　矢崎くんがいれば声もかけられないだろうし。いいよね皆木くん？」

和也は思わぬ提案に少し困惑していたが、「そうだね、颯斗とあかりちゃん、せっかくだから行っておいでよ」と微笑を浮かべて同意した。

あかりは香取さんの姿を凝視して、少し意地悪い笑みを投げかけていた。和也はなんか赤面している。この三人の仲の良さは、本当にいつ出来上がったのだろう。

「わかった！　じゃあ颯斗くん行こっか！」

「さっきから思ってたけど、俺はこの会話の主要人物だと思うんだよね。その人の了承は取らないの？」

「取るわけないでしょ？　颯斗くん、もう絵も終わったんだし、暇なんだから。はい、強制です！　行くよ！　何描いたか教えてくれないから、その罰も込めて」

あからさまに不機嫌の表情をあかりに見せたが、彼女は笑いながら僕の手を引いた。周りの男子生徒の視線が相変わらず痛い。

昇降口付近では飲食を中心とした出店が立ち並び、立錐の余地もないほどに人がひしめき合っていた。これぞ学園祭の熱気と言わんばかりに、人の残り香と料理の香しい匂いと調理器具の排気熱とで、辺りは異様な温もりを漂わせていた。

「ああ！　颯斗くん、見て！　チョコバナナ！」

桜井先生と話した、あの日の情景が頭の中で蘇る。まさかとは思ったが、チョコバナナの出店があかりの指さす方向に本当にあった。

中村さんが一人で切り盛りしている様子だった。タオルを額に巻いて、気合い十分といった面持ちをしている。

「中村さん！　なんでチョコバナナなんてやってるんですか？」

僕たちは人を掻き分けて駆け寄り、額に汗を滲ませ、裾を捲り上げて声を上げていた中村さんに話しかけた。

「ああ！　矢崎くんに小花さん！　やっと来てくれた。いやね、桜井先生から今年はチョコバナナをやってみたらどうだって言われてさ。まあ、最初はうーんって思ったんだけど、面白いかもなって。やってみたら意外と子連れのお客さんが多く買ってくれてさあ。いやあ繁盛繁盛！　さっき桜井先生が来て、多分もう少ししたら二人が来るかもって言われて、待ってたよ」

桜井先生もなかなか粋なことをすると思った。隣のあかりは、目を輝かせてチョコバナナを見ている。

「はい、二人とも。いつも園芸委員の仕事ありがとう。これはお礼。特別にチョコ増量！」

中村さんはそう言うと、チョコバナナを二つ僕たちに手渡した。

「ええ！　いいんですか！　菊ちゃんさすが！　みんなの良心！」

「菊ちゃんって誰？」

「え、中村さんのこと。知らないの？　中村菊三っていうんだよ？　だから、先生たちとか、女子の間では菊ちゃんって呼ばれてる」

露知らずの事実だった。菊三という重々しい響きの名前にそぐわない、実に人の良い顔立ちをしている中村さんは、なぜか照れた様子で頭をぽりぽり掻いている。

準備の手伝いのお礼も一緒に済ませて、僕たちはその場を後にした。

しばらく出店を巡った後、途中で買ったミルクティーを片手に、あかりと近くの濡縁に腰を下ろした。洋風ベンチはそこまで珍しくないかもしれないけれど、濡縁があるのは、寺が運営する高校ならではだろう。

「明日楽しみだね。ちょうどこの前に飾られるんだよね？　颯斗くんの絵」

目の前の花壇に咲く花々に、出番を待つ電飾が付いている。明日のライトアップのために、昨夜先生たちが取り付けてくれたと聞いている。

僕の撫子の絵が、花たちと一緒にライトアップされる。人に絵を見せるのは久しぶりだから、まだ実感が湧かなかった。でも、不安はなかった。あかりと出会ってから、そしてまた絵を描き始めてから、足りないピースが埋まり始めている気がするから。

「うん。ライトアップの直前に運ばれて、みんなが集まったところで点灯されるらしいよ」

「うわぁ！　本当に楽しみ！　下手っぴな絵だったら、めちゃくちゃバカにしてやる」

「どうやったら下手な絵を描けるのか、みんなに質問してみたい」

「うわ！　うっざい！」

二人で笑い合っていると、革靴のヒールの床を打つ音が近づいてきた。その音と漂う雰囲気で、誰が来たのかはすぐにわかった。

「やあ、二人とも。楽しんでるかい？」

「桜井先生！　見てください、チョコバナナ！　もう棒だけですけど！」

あかりのとんでもないくらいの言葉不足に仰天したが、桜井先生は安らかに微笑んだ。視界の隅で、花影が揺動している。僅かな変化ではあるけれど、今ではわかる。あかりは隠すように右手を後ろにやって強く握っている。

桜井先生ですら、やはり怖いのだろう。震える心を目一杯叩いて、ハイテンションで誤魔化そうとしている。ずっと、小さなサインを出していたんだ。

「喜んでくれてよかった。それはそうと矢崎くん。明日はいよいよだね。あの絵には、私も涙が出そうになったよ。きっと、弟も見に来るだろうから、とても喜ぶと思うよ」

「弟？」

あかりと僕は声を揃えて、桜井先生に疑問を投げかけた。

「ん？　柏木敏成だよ。花屋、なでこの店主だ。君たちはもちろん知ってるだろ？」

「えー！　柏木さんが、弟？」

あかりと僕はまたしても一語一句違わず言葉を揃えて放った。柏木さんの名前が出たからか、あかりは右手の緊張を解いていた。

「あれ？　言ってなかったかな？　君たちもよく知る柏木敏成は私の弟だよ」

柏木さんと桜井先生の苗字が異なるのは、柏木さんが婿養子に入ったからだった。彼らは歴とした兄弟であるそうだ。つまり、この大安高校を彩る花々にどこか既視感と安らぎが付き纏っていたのは、幼い頃から側にあった柏木さんの店から卸していた花だったからだ。中村さんの苗字といい、なんともややこしい話だと思った。

「柏木さん、そんなこと全然言ってなかったですよ……。びっくりしたぁ！　あ、桜井先生、柏木さんはお元気ですか？　またここ数日、お店休んでるみたいで、心配で」

あかりは仰天した割に平然と桜井先生と会話しているが、僕はまだ衝撃の事実と、突然心中に現れた謎の不安に困惑していた。

「ああ、また最近体調を崩したみたいでね。でも今朝も連絡を取ったから、大丈夫だと思うよ」

あかりは、「よかったぁ」と胸に手を当てた。桜井先生は、「じゃあ矢崎くん、明日はどうぞよろしく」と言って去っていった。

雲間から夕日が差し込み、花壇を照らしていた。花に影が落とされ、その影は微風で花が揺れるのに連動して、不穏に揺動している。目の前の紫苑の花の輪郭が、明瞭に瞳に映る。さっき目の端に映った花の正体だった。

親花祭二日目。初日に用意していた全ての材料の底がついたので、カフェ運営は行わず四人で親花祭を回ることにした。あかりが前日に僕と回ったお勧めの出店を一人に紹介しながら、時間はあっという間に過ぎていった。

僕は途中で中村さんに呼び止められ、絵の最終確認の要請を受けたため、絵が保管されている図書室の倉庫に向かった。図書室はちょうど校庭に面していて、絵の設置場所からは目と鼻の先にある。倉庫には貸出用の文具や雑貨が少しあるだけで、僕と美術部員の人たちのF二十のキャンバスを保管するスペースとしては、十分すぎた。

寂しい空間にひっそり佇むキャンバスを中村さんとじっくりと見て、埃や汚れなどがないことを閲した。

「もうすぐ時間だね。絵は私が運ぶから、矢崎くんは戻って大丈夫だよ。みんなと一緒に見るといい。みんなで楽しんでいたのに、呼び止めて悪かったね。ご足労かけました」

僕は緊張からか言葉がすぐに出てこず、黙礼して図書室を後にした。四人のSNSグループには『先に会場に集まってて』と連絡して、そっと通知を切った。あかりの反応を見るのが何となく恥ずかしくて、僕は会場から少し離れたベンチに腰かけた。側の花壇に生える色とりどりのパンジーが、滑るように映像として脳内に入り込む。この後出来上がる思い出を、記憶を、縁取ってくれているかのように思えた。

辺りが暗くなり始めた頃、会場から騒《ざわ》めきが湧き起こった。桜井先生が足元に移動させた濡縁に登壇して、ライトアップイベントの開始を朗々と宣言する。

僕の位置からもかろうじてその様子は見てとれるから、このままここで状況を見守ろうと思っていたけれど、それは許されなかった。あかりが、息も絶え絶えに僕のいる場所へ駆け寄ってきた。

「もう！　颯斗くんここにいた！　なんでこんなとこでひっそりしてんの、早く！　もう始まるから一緒に見よ！」

あかりは僕の手を強引に引いて、会場から離れる方向に駆け出した。「どこに行くの？」と聞いてもあかりはニヤつきながら答えない。

昇降口を入って右に曲がると、透明ガラスに覆われた螺旋階段がある。階段からは校庭が一望できるけれど、普段はあまり利用しない。宵に佇む校庭と、花壇の織りなす景色は驚嘆の一言だった。階段を少し上った所で、あかりが立ち止まる。

「ここからの景色、いいでしょ？　ここで颯斗くんと見ようって決めてたの。あ！　ほら絵が運ばれてきた！　菊ちゃん、ここからでも手が震えてるってわかるよ、ウケる！」

　事務員の方々が手分けして布の被さった絵を運び入れている。さっき言っていたから、たぶん僕の絵を運んでいるのは中村さんだ。確かにその手は、ここから認識できるほど、あからさまに震えていた。

　それに気づいた桜井先生が、そんな中村さんをいじりながら手伝い、場に笑い声が起きて盛り上がる。マイクを通した桜井先生の荘厳な声は、会場全体に響き渡っていた。

　桜井先生の掛け声と共に、中村さんたちが勢いよく布を取り、出番を待っていた電飾が燦然と光を放つ。美術部員と僕の書いた絵の輪郭が鮮明に照らされる。躍如として描かれた僕の一輪の撫子の花が、会場の人の目を釘付けにしていた。後でわかったことだが、この時の会場は一瞬しんとして、「あの撫子の花は誰が描いたんだ」という呟きを発端にざわついていたそうだ。

　声は聞こえなくても、会場の人の表情を見ればなかなかの出来と評価してもらっていることは、確実と思えて嬉しかった。ただ、心の緊張はまだ解けない。横にいる女性の反応に対する不安から、僕は何度も唾を嚥下した。心を奮起させ横を見ると、あかりは泣いていた。

「あのピンクの撫子が颯斗くんの絵だよね？　絶対に」

　僕は黙って頷いた。

「颯斗くん、なんで、なんで撫子の絵？」

これまでに見せたことのない、哀願するようなか弱い雰囲気を帯びて、彼女は雫の伝う頬を拭いながら僕を見た。

「バラ園に行った後、柏木さんのとこで手伝いしたろ？　あかりが洗い物してた時、俺が前にあかりに会ってたって柏木さんに教えてもらったんだ。覚えてなくて、ごめん。だから、なんていうか、あの時と同じようにピンクの撫子の絵を見せたら、またあかりが喜ぶかなって思ってさ」

あかりに視線を合わせられないまま、しばらく邪気のない甘美な空気の漂う沈黙に身を任せた。何か言って沈黙を破らなければと思考を巡らしていると、右肩に温もりを感じた。あかりが左頬を僕の右肩に当てている。「颯斗くん、ありがとう」と囁く彼女の右肩に手を回し、さらに強く引き寄せた。心地のよい温もりと匂いが、体中に染み込んでいった。

ライトアップイベントも終わり、僕たちは昇降口を出た。その時には、いつものあかりに戻っていた。

「本当に素敵だったなあ！　颯斗くんの絵。なんていうか、どんなに辛くても人をふっと楽にする不思議な力があるよね」

買い被りすぎだが、素直に嬉しかった。自分も、あかりの役に立てたのかもしれない。

「あ！　探したよ二人とも！」

和也と香取さんだった。螺旋階段から見ていたことと、二人が僕の絵を見て本当に感動したこと、会場の中では泣いている人もいたこと、イベント終了後、一部の父母が桜井先生に、撫子の絵を描いた生徒の名を尋ねていたことなどを報告し合った。

少しして和也と香取さんは竹林監督に呼ばれ、体育館へと向かった。明日の部活に向けて、早くも軽くミーティングをするらしい。「じゃあ、またね」と去っていく二人の笑顔と、手を振るあかりの笑顔を横目で見ながら、こんな何気ない日々が続きますようにと、心中で願った。

しかし、帰り際、そんな儚い願いはすぐに音を立てて崩れ落ちた。桜井先生が僕とあかりを呼び止めた。珍しく、その額は汗が滲み、息は絶え絶えで、焦燥に満ちた表情だった。

柏木さんが、亡くなった。

シダレヤナギ

僕とあかりは、桜井先生に連れられて急いでタクシーに乗り込み、病院へと向かった。あかりは小刻みに震え、視線を落としたままだった。助手席の桜井先生は既に落ち着きを取り戻し、いつもの沈着な態度で病院の人と電話で話していた。

僅かに開いた車窓から、秋風が流れ込んでくる。今は心地のよいものではない。柏木さんの命の尽きたことを思い知らせるように、幾分の冷気が僕の体温をゆっくり奪っていく。夜道を疾駆する車の群れ。僕の存在する空間だけを置き去りに、颯爽と立ち去っていくかのようだった。桜井先生の低い声だけが優しく車内に響き渡る。

「二人とも、疲れているだろう？　もう少しかかるから、寝てていいからね」

と、桜井先生の声がゆっくりと車内を包み込む。あかりはその言葉にも反応せず、視線を落としたままだった。

夏の隆盛を終えた街路樹。外灯に照らされ、もの寂しげな雰囲気を帯び、木の小さなウロは何ものをも呑み込んでしまいそうな、とめどない恐怖をその闇から放っていた。僕は心中で渦巻く感情を掌握できないまま、ただじっと窓外を見つめることしかできなかった。

三十分ほど経っただろうか、柏木さんの亡くなった共和大学附属病院が左手に見えた。周辺地域で最も大きく設備の充実した病院で、この周辺の土地に病棟をいくつも有している。市内で開業する個人病院の医師は、ここの卒業生が大半だそうだ。

僕はここに来たことが何度もある。母が亡くなる日まで入院していた病院だ。また、ここに来ることになるとは思っていなかった。緩やかな坂を登り半円を描くように左折すると、第二病棟が僕たちを迎える。この第二病棟の六階に母の病室はあった。

柏木さんもこの病棟で亡くなった事実が、僕の心をきつく縛る。鈍痛が胸の中に走った。今も隣で、あかりは震えている。なぜここは、自分の大切な人の苦しむ姿を克明に映し出すのかな。タクシーは地下駐車場に入っていく。薄闇の中で、ライン照明が怪しげに皓々と光っていた。

霊安室での情景は、あまり覚えていない。しかし、とても安らかで、安心したような表情の柏木さんと、俯いたまま一言も話さず、ただ大粒の涙を溢していたあかりと、「お疲れ様だったな」と柏木さんに声をかける桜井先生の姿は、はっきりと頭に残っている。

僕たちは待ち合いの小部屋に通された。いかにも明敏そうな、黒縁メガネをかけた担当医師が、声が聞こえないくらいの離れた位置で桜井先生と話している。

桜井先生にだけは打ち明けていたそうだが、柏木さんは癌を患っていた。最近は体調もある程度安定していて、本人の希望もあり店を再開させたが、ここ一ヶ月は食欲不振や倦怠感が増強したために、再度入院していた。転移もあったそうだ。そして容体が急変して、今日の夕方に亡くなった。

柏木さんは心配させまいと、桜井先生には親花祭に行けるかもしれないと言っていたけれど、その連絡が来た時にはもう再入院していたらしい。

担当医師との話を終えた桜井先生が、そのような事の顛末を僕たちに話してくれた。話の内容と、この現場の沈鬱たる空気と、柏木さんの安らかで安心しきった表情とがどうしても符合せず、柏木さんのあの優しい顔がいつまでも僕の頭から離れなかった。

時間を置いて再び担当医師が室内に入ってきた。遺体の葬儀社への移送や死亡診断書のことなど、この後の手続きに関して別室で説明したいと桜井先生に言った。桜井先生はわかりましたと頷き、「すまない。二人とも少しここで待っていてくれるかな」と言って、担当医師と共に部屋を出た。

あかりは話を聞いている間も、一言も言葉を発さなかった。ただ、俯いていた。看護師か医師か、人の忙しない往来の音が、廊下から漏れ聞こえてくる。ステンレスラックに置かれた時計の秒針が、微細に律動している。全ての小音がありありと目の前に現れては入れ替わり、沈黙の中に焦燥を駆り立てていく。何かあかりに声をかけねばならないと思いながら、ただいたずらに時間が過ぎていく。

「柏木さん、私のために無理してたのかな。私がいなければ、もっと長く生きられたのかな」


　あかりがポツリと言葉を落とす。その言葉に体温は感じられず、依然顔は俯いたままだ。ずっと変わらないその態度に、少しの苛立ちを覚えた自分が心の底から嫌だった。嫌なのに、熾火のように熱を帯びた感情を制御できない。

「そんなわけない。あかり、みんな辛いんだ。桜井先生も俺たちを不安にさせないように気丈に振る舞ってるけど、絶対辛いはずだ。あかりがずっとそんな調子じゃや、柏木さんだって……」

　こんなこと言いたくない。言いたくないのに、口から出る言葉を抑えられない。誰よりも周りを見て、相手の立場になって考えすぎるあかりだから、僕に言われずとも、全てわかっているはずだ。彼女の支えだった柏木さんが亡くなった。彼女が積み重ねてきたものが揺らぎ、支柱を失って困惑する心。ただでさえ、心が傷ついたまま生きてきたあかりなら、その戸惑いと苦しみは果てしないもののはずだ。なのに、なのに……。感情をコントロールできない自分の未熟さに嫌気が差す。

「いやごめん。あかり……。俺っ」

「何がわかるの」

「え？」

　僕の謝罪を遮るように、今まで見せたことのない怒りの感情を体に漲らせ、俯いたままあかりは語気を強めて床に言葉を放つ。その言葉の振動に喉が震え、感情も震えてかき乱された。

「颯斗くんに何がわかるの！」

この部屋以外の全てが切り取られたように、陰湿な空気が辺りを覆い静寂をもたらす。あかりの言葉の余韻が棍棒となって、僕の鼓膜を繰り返し叩き、鈍痛が脳内を駆け巡る。迸る負の感情が、口から流れ出る。

「何だよその言い方……。自分だけが辛いみたいに言うな！」

沈黙が、僕をなじる。ただひたすらに、なじる。何をしてんだ、僕は。

「……颯斗くん。ごめんね」

震える声で、あかりは謝った。僕は、感情が混濁して二の句が継げなかった。あかりは黙ったまま学生鞄を乱暴に肩にかけ、駆け足で部屋から出ていった。外から、「小花くん！」と叫ぶ桜井先生の声が聞こえた。

僕は何をしているんだろう。天井を仰ぎ、端の黒ずむＬＥＤ照明を眺め見る。あかりのためにと絵を描いたのに。あかりの笑顔が見たくて、ただ見たくて撫子を描いたのに。柏木さんの亡くなったこの病院で、柏木さんが見守る中で、あかりを深く傷つけた。彼女が学生鞄を持った時、隙間から薬が見えた。たぶん、うつ病の薬だろう。それが余計に、自分の心を重くする。

あかりを慰め味方になるべき人間が、未熟で現実逃避に似た感情を持って、彼女を突き放した。

あかりの最後の謝罪の言葉が、頭の中で何度も再生する。こんな思いをするなら、あかりと出会わなければよかった。あかりを、あかりを好きにならなければよかった。自分勝手な思いが打ち上げられては、また引いていく。自分はこんなにも醜い人間だったのか。今、自分はどんな顔をしているのだろう。きっと、見るに堪えない醜い顔をしているのだろう。折よく明滅し始めた照明を眺め見ながら、僕は自分が哀れになって、思わず笑った。

時間にすれば数秒間の経過だったと思う。コンコンと、扉を叩く音がした。「矢崎くん、いるかい？　入るよ」と言って桜井先生が戻ってきた。

「何かあったのかい？　小花くんがさっき駆け足で行ってしまったから。トイレではないよね？」

僕は視線を桜井先生に移し、黙って首を左右に振った。桜井先生は僕をしばらく見つめただけで、何も聞いてはこなかった。その代わり、「そうか」と優しく微笑んだ。

その笑みに、僕は思わず泣いてしまった。また、母と同じように大切な人を守れなかったと、桜井先生に言ってもわかりはしない思いを、僕は吐露して涙を流した。桜井先生は黙って隣に座り、僕の肩を引き寄せた。僕があかりにしなければならなかったことは、こういうことだったのに。自分だけ救われている今の状況に悶々としながらも、僕は溢れる雫を止められなかった。

あかりと病院で別れた後、結局僕は彼女を追うことができなかった。桜井先生があの後あかりの家に行くと言っていたけれど、それ以後のことは全くわからなかった。帰路の景色も、全く覚えていない。

家に帰ってから、祖母と会話したかどうかすら思い出せないし、今朝の出来事も思い出せない。何を思考しようとしても、すぐどこかに消えてしまう。疾駆する電車の中から見る景色のように、映るものは虚しく僕の頭を通りすぎて虚無感だけを残していく。あかりを思うふりをして、自分を辛い被害者のように仕立て上げて、結局は自分本位な考えで自分を守ろうとしている気がして、吐き気がする。でも、この虚無感はどうしても拭い去れないし、行動も起こせなかった。

親花祭明け初日の授業日、あかりは登校しなかった。柳田先生からは、家庭の事情でしばらくの間休むとだけ周知があった。その理由を知る可能性の高い僕に対するクラス中の視線を感じたが、それもどうでもよかった。

数日後に行われた定期テストの結果はひどいもので、学内の順位を二十位も落とし、柳田先生に職員室横の小部屋に呼ばれ、心配の言葉をもらったが、それもどう返答したか記憶は淡くしか覚えていない。こんな態度をとっていれば、他のクラスメイトから話しかけられることもない。それもどうでもよかった。

和也とは、挨拶だけ交わす。いつも何か言いたいそぶりを見せるけれど、何も言わない。今の僕に気を遣っているのはわかっている。急にとっつきにくい態度になって申し訳なく思う。でも、それもどうでもよくなる。ごめん、和也。

香取さんは、時折きつい視線を感じることはあったけれど、目が合うと何かを我慢しているようなむず痒い表情を浮かべ、すぐに顔を逸らす。それも、どうでもいい。香取さん、ごめん。

無情に日々は過ぎていった。それに連動して、僕と社会の間にできた壁は、高くなる一方に思えた。

あかりに会わなければならない。そんなことはわかっている。けれど、今のまま会ってしまったら、もう二度と会えなくなる気がする。話したいこともたくさんある。でも、それを話したらもう、会えなくなる気がする。男らしくスパッと会ってこい。そう言われるかもしれない。でもあかりの心とは、半端な覚悟で向き合ってはいけない。そんな気がして、今会えば大きなものを失う気がして、僕は足を踏み出せない。情けない。

今日もほとんど誰とも会話をせず、授業が終わると帰り支度を整えた。友人と談笑しながら帰る生徒たちを、足早に追い抜いていく。追い抜く度に、背中に刺さる視線が増えていく。不快の感情が増長していく。あかりの長期休暇は、もしかして家庭の事情ではなくて、仲の良かった矢崎と何かがあったのではないか。そんな噂が出回っていることくらい、言われなくてもわかっていた。事実だ。むしろみんなは冗談で言っているのだろうが、それが真実だ。僕が、あかりを追い込んだ。追い込んだくせに、彼女のためになんとかしようとしている。何が正しいのか、もう何もわからない。

寺院の境内を抜ける時、「待って！」という快活な声が僕を呼び止めた。あかりの姿が脳内に浮かび上がる。違う。この声は香取さんだ。僕は無表情のまま、彼女を見る。

「矢崎くん、急にごめん。皆木くんに、そっとしといてあげてって言われてたから我慢してたけど、もう限界」

彼女は、今にも泣きそうだった。

「桜井先生から全部聞いた。親花祭の後のことも、あかりの病気のことも。私気づいてあげられなかった。気づいてたら、もっとあかりへの態度を変えて、接することができたのに。こうなる前に、助けられたかもしれないのに。いつもあかりに助けてもらってばっかりだったのに」

俯き後悔を口にする香取さんに、同情するのが普通かもしれない。けれど、だからあかりは自分の病気を誰にも言えなかったのだと思った。あかりは、誰にも気を遣ってほしくなかった。自分の病気に同情を見せて、態度を変えてほしくなかった。当たり前に接してほしかった。人一倍優しいあかりだから、人が自分を気遣い表情を変える日々に、どうしても耐えられる自信がなかったのだと思う。そんなことを思っていると、香取さんはいつの間にか、やや顔を赤らめ興奮しているようだった。言いたいことは、わかっている。

「矢崎くん。なんで、なんであかりに会いに行ってあげないの？」

「……」

「答えてよ。ねえ」

僕は答えられなかった。今の自分の感情を口にしても、あかりを思う香取さんの感情の炎に、油を注ぐようなものだと感じていたから。香取さんは俯きながら、さらに体を小刻みに震わせ、僕に勢いよく視線を向ける。

「会いに行ってあげてよ！　私は家に行ったけど、ダメだった！　お母さんからインターホン越しに、今は誰とも会いたくないそうでって、そう言われただけ。声も聞けなかった！お願いだから、お願いだから矢崎くん……。会いに行ってよ。声をかけてあげてよ。悔しいけど、矢崎くんしかいないの。そのくらいわかる。あかりを今、助けてあげられるのは矢崎くんしかいないの！　自分でもそれがわかってるんでしょ？　なんで会いに行かないの！」

何も言えなかった。大切な人に対して、何もできない。してあげられない。香取さんの心の叫びを、視線を落として聞くことしかできなかった。僕も、何もできていない。

「……。もういい。意気地なし。一度でも、好きになった私がバカだった」

何かを小声で呟き、香取さんは踵を返した。嫌悪の空気だけが僕に届き、言葉は明瞭に聞き取れなかった。虚しさと悲しさと、憤怒の入り混じる雰囲気を帯びた彼女の背中に、僕がどれだけ醜く惨めな存在なのかを、強く主張されている気がした。

チューリップ

何もできない日々が過ぎていく。今は土曜の朝だ。年内の授業は先日全て終わり、今日から年末年始の休暇が始まる。窓外から届けられる冴えた冷気が、本格的な冬の季節の到来を嫌でも伝えてくる。あかりは今、どうしているのだろうか。ほとんどの思考は、現れてはすぐに消え行くのに、あかりのことだけは最後まで思考が残る。昨夜は、香取さんとのあの日のやり取りを夢で見た。

なぜそうしようと思ったのかは、自分でもわからない。けれど、僕は感情を置き去りにして、身支度をして家を出た。

年末ということもあり、電車内は閑散としていた。ただ座る気にはどうしてもなれず、僕は袖仕切りに身を任せた。窓外を見る。距離の近い物象は素早く過ぎ去り輪郭を掴めないのに、遠望の風景はくっきりと映り、ゆっくりと目の端から端へ移動していく。遠望を凝視していると、不思議と目の前の高速で移り変わる映像も、はっきりした輪郭となって脳内に形作られていく気がした。

目的地は特に考えていなかったけれど、僕の体にプログラムされているかのように、思考せずとも鷺見駅で降車した。休日ダイヤになっているからか、いつもひしめき合っているバスも、今日は少ない。発車まで時間があるのか、車掌同士の談笑が窓越しに展開されている。人の純粋な笑い声が、耳を震わせる。カウントダウンイベントの広告が、駅ビルの入り口に貼られ煌めいて見える。新年への準備で、色めき立つ街。人の躍動する心と、それが生み出す軽快な空気。仕事や学業、憂鬱の少ない年末年始。その中で、僕の感情だけが、取り残され沈滞している。

歩みを進めていると、僕は大安高校の校門まで辿り着いていた。当然、校門は閉まっていて居丈高に鎮座している。鉄格子の隙間から、撫子の花が見える。役目を終えた撫子もあれば、冬にもかかわらず、花を咲かせている撫子もある。「四季咲きの品種もあるんだって！」と、あかりの声が脳内で再生される。花壇の土の上で力なく横たわるスコップを見ているせいか、僕の胸中に虚無感が去来する。でもそれに負けないくらい、あかりとの日々の記憶が、高揚して脳内を駆け回っている。

校舎の周りを、撫でるように歩く。校舎中に点在する花壇にばかり目が惹かれる。ただ、綺麗だった。校舎自体は人の温もりが一時的に失われ、朝霧の残滓がもの寂しい雰囲気を纏わせているのに、花壇だけはその影響を受けず、変わらない魅力を放っている。

ツワブキ、パンジー、ビオラ、ノースポール、冬に咲く花も意外とある。柏木さんが昔、僕に教えてくれたことだ。というか、あかりはこの花たちを見て、なぜあの花屋から卸されているると気づかなかったのか、ふと疑問に思った。が、あかりはたまに鋭い思考を披露するのに、根本的に抜けているところがあるから、まあ気づかなくてもしょうがないか、と考え直した。「ちょっと！　ひどっ！」と、あかりの声がまた、脳内で再生される。僕はここ最近で初めて、思わず微笑した。

また電車に乗り、地元の駅に戻った。そこから家と逆方向に歩き出す。鷺見駅前よりも、ショッピングストリートはより色めき立っていた。今夜飲みに行く店をどうするか。子供のお年玉をいくらにするか。実家に帰るのを何日にするか。年末年始セールを、嗄れた声で叫ぶ店の店主がいる。どこからともなく聞こえる、何か景品が当たった時のベルの響き。人の営みのあらゆる事柄が、街中で躍動していた。ここでも僕の感情だけが、ただ取り残されている心地だった。

港町公園の前にある交番。「警官になったら、ここの交番に赴任したいなあ」「なんで？」「え、だって暇そうじゃん？」「あかりさ、失礼すぎるよ。交番行って今すぐ謝ってきなよ」と、他愛もない会話の記憶が、また脳内で再生される。

バラを熱心に撮っていた人も、今日はさすがにいないみたいだ。年末でも、ここは開放されていてよかった。僕以外には、まだ誰もいない。今は園内に生える花も、ほとんどない。僕はそのまま直進して、港の遠望を眺め見た。冷気を含んだ清澄な冬の空気が、僕の頬を徐々に冷やしていく。かつては灯台としても利用されていて、今は商業施設になったブルータワーと呼ばれる塔が屹立している。霞の中で微かに明滅して見える塔の照明が、どこか虚しく瞳に映る。横を見る。冬木立が目に入るだけだ。僕以外には、誰もいない。

バラ園も、今は役目を終えた花たちがひっそりとしているだけだった。ただ、バラ園の中心に立った瞬間、脳内に一気に情景が広がった。「スプレーバラの色が好きだなあ。ほら見て？」と、あかりの記憶が蘇る。

初めて至近距離であかりの顔を見た。あの時、はっきりとあかりのことを異性として、好きだという感情を知った。いや、思い知った。好きだけど淡い思いだったそれが記憶と共に繋がって、確固とした思いになった。「それなのに、俺はあんなひどい態度をとったのか」と、一人呟く。清涼な風が僕をなじる。病院での一幕の記憶が音を立てて湧き上がり、バラ園での情景を無色にした。僕は俯き、踵を返した。


あまり気は進まなかったけれど、何かを求める自分の心に揺り動かされ、僕はなでこの前に来た。門を開け、店の前まで歩み寄る。カバンをまさぐり、鍵を取り出す。柏木さん、あかりと三人で最後に話した時、もしものためにと、柏木さんが僕にも合鍵をくれていた。

店内は、予想通りしんとしていた。いくつか枯れている花を見た。それが、もう二人が側にいないことを強く心に印象付けた。柏木さんは、もうこの世にすらいない。さよならも言えなかった。柏木さん。そう呟くと、涙が溢れて止まらなくなった。もう、いないんだ。あかりのことで頭がいっぱいになって、しっかりと認識できていなかったけれど、柏木さんの死が、大事な人の死の実感が、今になって自分の胸に固着した。

亡くなった人は胸の中にいる？　そんな慰めはいらない。もう、いないんだ。手を伸ばしても、目を見開いても、何をしても柏木さんの実感を得ることはできない。もう、いないんだ。何も返せなかった。父が亡くなり、母が病床に臥してから、塞ぎ込みそうだった僕の心を、癒してくれたのは柏木さんだった。いつも柔和な笑顔で迎えてくれた。きっと、あかりも同じ気持ちだったんだと思う。

柏木さん、さよならも言えなくてごめんなさい。あかりにひどい態度をとってしまってごめんなさい。僕は、柏木さんや母のように、人に優しくできますか？　自分の中にわだかまる黒いものが怖いです。また誰かを傷つけそうなんです。情けなくて、ごめんなさい。

涙も枯れ、ガーデンチェアーに座って呆然としていると、店のドアが音を立ててゆっくりと開いた。

「びっくりした！　矢崎くんじゃないか。どうしたんだい？」

桜井先生だった。辺りはすっかり夕方の様子で、夕日が店内に差し込み、桜井先生の左半身を照らしていた。

「先生……」

桜井先生は黙って、ガーデンチェアーに同じく腰かけ、僕に微笑みを向けた。

「すまないね。葬式とか諸々の手続きが多かったのと、年末の締めに向けての学校の事務作業もあったから、なかなか矢崎くんと話す機会を作れなかった。ごめんね。お店がしばらく放置されていたから、今日は掃除のためにここに来たんだ」

僕は「そうですか」と気の抜けた返事しかできなかった。桜井先生は微笑みを崩さない。上を軽く見上げ、柔らかな声音で話を続けた。

「敏成の顔を覚えているかい？　亡くなった時の顔」

忘れられるわけがない。あんなに安らかな顔を。

「はい。もちろん覚えてます。容体の急変で亡くなったのに、なんであんなに幸せそうというか、安らかな顔だったんですかね」

「君たちのおかげだよ」

「え？」

君たちというのは、僕とあかりのことだろう。でも、僕が柏木さんの安らぎに貢献したことなど、記憶をまさぐっても見つけられなかった。

「敏成も、奥さんが早くに亡くなってしばらく塞ぎ込んでてね。花屋も辞めるって言ってたんだけど、私が止めたんだ。奥さんの思いを、受け継いだ未来を、しっかり引き継げってね。塞ぎ込んだ人間にかける言葉にしては、きつい言い回しだったなあ」

桜井先生は、依然微笑みを崩さない。僕は、無言で頷いた。

「私によく言ってたんだ。あかりちゃんと颯斗くんっていう子がお店に頻繁に来てくれて、楽しいって。二人が大安高校に入ることもね。敏成と奥さんは子供を持てなくて悩んでいたから、余計に嬉しかったんだろうなぁ。幸せそうに君たちについて話してたあの笑顔は、忘れられない私の思い出だよ。あの安らかな顔はね、君たちにもらった笑顔を、死ぬ間際に思い出したからじゃないかなって思ってるんだ」

涙は枯れたはずなのに、僕の瞳は潤みを帯びた。

「同じ話を、ドア越しではあったけど小花くんにも伝えた。泣き声だけで言葉は返してくれなかったけどね……。矢崎くん。いや、颯斗くん」

「はい」

「本当に、ありがとう」

柏木さんの白く淡い輪郭が、桜井先生の顔に重なる。雫が頬を伝う。何度泣けば気が済むのか。桜井先生は、僕の左肩を優しく摩ってくれた。その温もりに、自分の本音を抑える力が抜けてしまった。

「先生、俺、俺弱い人間なんです。両親が、母が亡くなってから、自分は何もできなかったとか被害者ぶって、辛い人ぶって、自分の人生と向き合うことから逃げてきたんです。薄々、こんな考え間違いだって気づいていても、何もできなかった。それで、柏木さんや和也や……あかりに助けてもらったのに、なのに、あかりにひどい態度をとってしまったんです。柏木さんにも何も返せなかった。それで、それでまた、今も現実から逃げてるんです。でもそんな自分をわかってるのに、それでも、あかりをどうしたら助けられるかとか、何もわからないけど助けたいとか、都合のいいことを思ってるんです」

感情の整理を経ていないからか、言葉が支離滅裂になっている気がした。

「矢崎くん」

僕の言葉を遮るように、桜井先生が僕の名を呼んだ。左肩に置かれた手に少し力が籠るのを感じた。しかし、表情は優しいままだった。

「自分を許してあげなさい。もう十分だから」

言葉がうまく出てこない。

「それに、助けたいとか、何かしなければとか、思い詰めてはいけないよ。人の心は人のもの。自分がどれだけ思い詰めても、人の心は変えられない。だからね、自分がその人に何をしてあげたいか、それに純粋に従えばいいんだよ。思いやりの交換と積み重ねで、人との結びつきは強くなる」

桜井先生は、姿勢を正して微笑みを崩し、真剣な面持ちで僕に視線を差し伸べた。

「矢崎くん。君は、小花くんに何をしてあげたい？」

桜井先生の問いに、高速で思考が巡る。何をしてあげたいのか。記憶を辿る。広がる記憶は、あかりの笑顔でいっぱいになった。これで最後と言うように、涙が僕の頬を伝う。会いたい。ただ、ただ側にいてあげたい。

「側に、いてあげたいです。何があっても」

桜井先生は、無言で頷いた。微笑みが表情に戻っていた。

「明日、会いに行こうか。小花くんに。きっと君にならら会ってくれるさ。今は病院にいるから、私が案内するよ」

「病院？　どういうことですか！　あかりは大丈夫なんですか？」

「矢崎くん、落ち着いて。大丈夫だから。数ヶ月、ろくに食事も取らないで悩んでいたからだろうね。家でトイレに立つ時、貧血で倒れたそうだ。今は病院で安静にしている。明後日には退院するそうだよ」

僕は俯き息を吐く。ほっと一安心。というわけにはいかなかったけれど、とりあえず無事ならばよかった。

「じゃあ明日、午前十時に煉瓦町駅前にいてくれ。迎えに行くから」

僕は顔を上げて、「わかりました」と、桜井先生の目をまっすぐに見つめて言った。もう、涙は出ていなかった。

ガーベラ

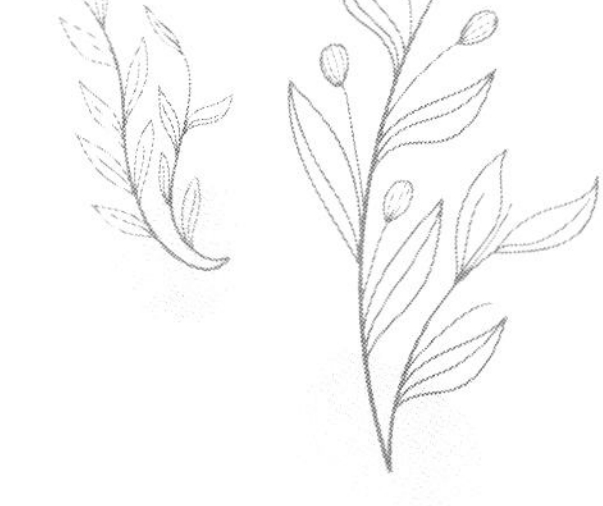

目が覚めると、共和病院の個室だった。お医者さんからは、貧血による目眩で倒れただけで、数日で退院できるだろうと言われた。目眩の症状は簡単に治癒できるのに、心はずっと停滞したままだ。

あの日、颯斗くんにひどい態度をとってしまった。病院を抜けて、家に帰って、それから部屋に篭った。母親には学校に行きたくないことと、誰にも会いたくないことだけを伝えて、ご飯の時以外は部屋から出ない生活を続けた。

母親は、絶対反対しない。それは知っていた。出口の見えないトンネルを歩く旅が、また始まってしまった。心の淀みから恐怖の液体が染み出して、ゆっくりと体中に巡って浸透していくのがわかった。

この恐怖は、どうしたら抑えることができるのだろう。どうしたら、意識に反した震えと、吐き気を抑えることができるのだろう。どうしたら、人と深く関わることへの一歩を踏み出せるのだろう。心を、開け放つことができるのだろう。どうしたら、この病気は治るのだろう。本当に、治る未来がくるのかな。ずっと、ずっとこの暗い淀みを抱えて、いつ破綻するかわからない心に怯えながら、生きていくのだろうか。考えたくもないのに、否定的な感情が次々と目の前を覆って、晴れ間の覗く隙を与えてくれない。

母親は、私がうつ病と診断されて以来、ずっと申し訳なさそうな態度で、必要以上に私には話しかけない。何も否定しない。「そう」と、精一杯の笑顔で頷くだけ。それは、今も変わらない。さっきも、「何か欲しいものある?」「さっき持ってきてくれたじゃん。もうないよ。ありがとうママ」「そう」というやり取りだけで、しばらくの沈黙が流れた後、「ロビーの自販機で何か買ってくるわね」と言って病室を出たきり、戻ってこない。

心の病なんて、外見で判断できない。目に見えない〝心〟を理解してくれなんて、私も思っていないし期待もしていない。

ただ、普通に接してほしかった。それだけだった。うつ病のことは隠して、昔の出来事だけを友達に話すと、母親のことは「ひどい!」と言われる。みんな母親に対する否定的な意見で私を慰めてくれる。柏木さんは少し違った意見だった気もする。

でも、自分の心情と矛盾していることはわかっているけれど、確かに、母親に対して否定的な感情はあるけれど、それでも、私にとってはたった一人の母親だ。記憶を辿ったら、母親と過ごした笑顔の日々が私の心を撫でてくれる。それも事実。だからこそ、一緒に普通に暮らしたい。でも、私の心のせいで、それが叶わない。私の心は、なんでこんなに弱いのだろう。

そして、柏木さんもいなくなってしまった。私が辛い時に支えてくれた。血も繋がっていない私を、あの日からずっと見守ってくれた。感謝で胸の中がいっぱいなのに、それを伝える前にいなくなってしまった。

何も恩を返せなかった。さよならすら、言えなかった。柏木さん、私、私、柏木さんに頼ってばっかでごめんなさい。ありがとうも言えなくてごめんなさい。さよならも言えなくてごめんなさい。何も返せなくてごめんなさい。

桜井先生の言葉は本当に嬉しかった。私なんかでも、柏木さんの役に立っていたんだ。でも、でも、私の大切な人はもうこの世にいない。もう、何も伝えられない。神様、なんでよ。私、何か悪いことしましたか？　そんなに私は悪い子ですか？　なんで、なんで私から大事な人を奪うんですか？　ママ、柏木さん、みんな、こんな私で、本当にごめんなさい。

窓外から小鳥の囀りが漏れ聞こえてくる。窓辺に立って外を見る。澄んだ空の下で、山茶花が小さく揺れている。綺麗だなぁ。私は思わず呟いた。

そんなことを思っていると、颯斗くんの姿が鮮明に記憶の中で蘇る。あの日、小さい時、ピンク色の撫子の絵を見せてくれた。本当に素敵な絵だった。でもそれ以上に、颯斗くんの言葉が嬉しかった。花は綺麗なんだって。周りは綺麗なんだって。そして、また絵を見せてくれると言ってくれた。私のことなんて何も気にせず、慰める顔じゃなくて、思いっ切りの笑顔を向けてくれた。私が欲しかった、でも失った日常の欠片を、颯斗くんはあの時与えてくれた。

高校入学前に再会した時、すっかり表情が暗くなっていたけれど、心は何も変わっていなかった。私のたまの感情の急激な変化に、何かを薄々勘づいていたのは知っていた。でも多分、私を変なやつだなくらいにしか、思っていなかったと思うけど（笑）。

きっと、それでも怖くて言えなかったけれど、たとえ私の秘密を全て話しても、颯斗くんは変わらなかったと思う。そんな確信はあった。だって、昔と変わらず、私に日常をくれたから。他の男の子みたいに、女性としてだけではなくて、他の女の子みたいに、友人としてだけではなくて、気を遣わず、一人の人間として私に接してくれた。

先入観を全く持たない優しい人だから、変な女に捕まらないか不安になる。教室で他の女の子と話してほしくないから、たくさん話しかけてしまった。だって、小学生の時に出会ってから、ずっと好きだったから。あの日からずっと。頑張って無理にあざとさ全開でアピールしたのに、鈍感なやつめ。少しは異性としても意識してくれたのかな。

早苗とたまに話している時、親友に嫉妬してしまった。私ってこんなに嫌な女なんだって思い知らされた。私といて、颯斗くんは嫌じゃなかったかな。

そして、あんなひどいことを言ってしまった。嫌われたかな。もう、私に日常は来ないのかな。都合のいい願いだよね。また颯斗くんに会って、嫌いだって目をされたら、うつだとわかって嫌な目をされたら、それを思うと会うのが怖い。失うくらいなら、このままでいい。どんな視線でも今は怖い。でも、でも、でも！　それでも、私はやっぱり、颯斗くんに会いたい。ただ、会いたい。

私、こんなに颯斗くんが好きなんだ。そう思うと、涙が溢れて止まらなくなった。私の大切で、大好きな人。側にいてくれた人。変わらず笑顔をくれた人。灰色の霧に覆われた私の世界に、色をくれた人。その人を傷つけておいて、手前勝手な思いなのはわかっているけれど、ただ、会いたい。

隙間風が部屋に流れ込んできて、さっき母親に持ってきてもらったスケッチブックが微風で捲られた。親花祭のライトアップイベントを二人で見た後、小さなスケッチブックを颯斗くんがポケットから出して、私にくれた。様々な色の撫子の花が、各ページに描かれていた。捲られたページに描かれていたのは、ピンク色の撫子だった。

アイビー

夢は見なかった。緊張して寝つきは悪かったけれど、眠りは深かったみたいだ。階下から物音がする。祖母は毎朝五時に起きて、一人でラジオ体操をしてから朝ご飯を作る。

僕は部屋に散らばった、狼藉たる状態の画材たちを持ち上げ整えて、丁寧に各所にしまった。スケッチブックと鉛筆だけは、収納せずに机上に置いた。鉛筆を削り、部屋を出た。

リビングでは、予想通り祖母が朝ご飯の支度を終え、仄かな光沢を帯びた卵焼きを口にしていた。僕は「おはよう。ばあちゃん」と言って席についた。

あかりと別れたあの日から、祖母とはあまり口を利いていなかった。でも、祖母が何かを言ってくることはなかった。電気ストーブの熱が、腹の底にある言葉を無理矢理上げてくるような気がした。

「ばあちゃん。ごめんね。なんか最近ぶっきらぼうというか、態度悪くて」

「何のことや。態度悪いなんて思ったことないで」

祖母の口角がやや上がり、口元に皺が浮き上がった。

「今日この後、人に会いに行く。少し遅くなるかもしれないから、夕ご飯いらないや」

「そうかい。大切な人かい？」

僕は少し沈黙したが、答えに詰まったからではない。祖母は、いろいろとお見通しらしい。母もそうだった。僕の僅かな機微の変化を感じ取っているのか、この人には敵わないなと思った。その感謝と喜びを、僕は大切に噛み締めた。

「うん。大切な人」

「そうかい。気をつけて行っておいで」

「ありがとう。ばあちゃん」

食器を片付けて、身支度を整えて玄関に向かった。「颯斗」と、祖母が背後から声をかける。振り返ると、ある部屋を指さしている。

「あ、そうだね」

僕は、両親と祖父がいる仏壇へと足を運んだ。

「母さん、父さん、じいちゃん。行ってくるね」

家族の記憶をいくつか掴んで、出来上がった思い出に頬が緩んだ。仏壇の前で一礼して、僕は部屋を出た。心なしか、背中周りに温もりを感じた。

玄関のドアの隙間から、陽の光が差し込み僕の双眸を照らした。光る眼前の影像が、人の形をしている。

「和也！　なんでここにいるんだ？」

和也はポケットに手を突っ込み、左斜め下を見ながら軽く俯いている。

「ごめん颯斗。ずっと力になれなくて。お前が苦しんでる理由は、桜井先生から全部聞いて知ってた。なのに、なんていうか、接し方の答えが見つからなくて、話しかけたらお前を傷つけるかもって。そんなもっともらしい理由をつけて、お前を避けてた。親友が聞いて呆れるよな。ごめんな。いろいろ、本当に」

手の入ったズボンが、微かに隆起するのがわかった。

「ううん。そもそも俺は、和也に助けてもらいたくて一緒にいるんじゃない。そんな都合のいい存在にしたくない。お互い、ほどよい距離感で尊重し合ってさ。本当にしんどい時は歩み寄る。それで今、和也はこうして来てくれた。俺はそれで十分だし、嬉しいよ。俺こそ、何も言わないでごめん。自分ばっかり辛いふりして、周りの人の気持ち、全然考えられてなかった」

和也は僕に、ゆっくりと視線を向けた。その瞳は、清純で淀みが一切なかった。

「昔と変わらず、キザなこと言うなよな」

「昔っていつのこと言ってんだよ。しかもそこまでキザでもないだろ今の」

和也はふっと微笑んだ。

「いつのことでもいいじゃん。颯斗、あかりちゃんとのケリがついたら、四人で忘年会するぞ」

「いいね、やろう。あ、でも香取さん大丈夫かなぁ」

和也は思い出したように、「あ！」と言って自分の携帯を取り出し、それを指さした。

「お前、最近携帯の電源切ってたろ。早苗、こないだお前にひどいこと言っちゃったって落ち込んでた。謝りたくてメッセージ送ったのに、全然返ってこないって。あとで返してやれよ！」

いつから〝早苗〟呼びになったのかと思ったけれど、聞くのをやめた。携帯を確認すると、確かに香取さんから数回メッセージが入っていた。『本当にごめん。今度何かお詫びさせてください』と、最後のメッセージには書かれていた。『こちらこそ、嫌な態度とってごめん。じゃあお言葉に甘えて、お詫びはコンビニの唐揚げで』と送信した。和也ともう一度視線を合わせ、煉瓦町駅へと向かった。

ハラン

共和病院に着くと、桜井先生がロビーで誰かを見つけたらしく、「ちょっといいかな？」と僕を連れてその人に話しかけた。雑多な病院のロビーの中で、一人時間が止まっているかのように、ひっそりとロビーチェアーの端に座る女性がいた。五十歳くらいだろうか。纏っている哀愁とは対照的に、その顔は整っていて、誰が見ても綺麗な女性だった。視線は床に向かい、虚ろな表情を浮かべている。

桜井先生は女性の横に回る。横から覗かれる直線的な彼女の鼻筋が、照明に反射して白く閃めいていた。近づいてすぐにわかった。この人は、あかりの母親だ。目の下に隈があるのは違うが、その他はよく似ている。虚ろな表情も、あかりが垣間見せるものにそっくりだった。

「小花さん。どうかされましたか？」

桜井先生は躊躇もなく、柔らかな声を彼女の頭上に滑らせた。彼女はゆっくり顔を上げ、僕たちを見上げる。

「桜井先生。わざわざあかりの見舞いに来てくださったんですか？　申し訳ございません。そちらの方は……？」

彼女は虚ろな表情を崩さず、少し震えるような声で僕の存在を確かめた。

「あかりさんのクラスメイトで、矢崎くんと言います」

僕は桜井先生の紹介に続くように、深めに黙礼した。彼女はすぐに言葉を続けず、僕の顔を凝視した。

「そうですか。あなたが。あかりから、たまに話を聞いていました。会えてよかったです。あかりもきっと喜ぶと思います」

彼女の口調に、若干の違和感を覚えた。自身の娘の話をしているのに、どこか他人行儀な印象を受ける。その理由は後ですぐにわかった。

「あかりさんの具合はどうです？」

「今は安定しているようですが、正直なところ、わかりません」

彼女はまた視線を床に戻す。そもそも、なぜロビーにいるのだろう。娘が入院しているなら、病室で娘に寄り添っているのが普通ではないだろうか。心の病の状況を説明し辛いことは理解できるけれど、それにしても何かを恐れて避けているような、そんな口振りだった。

「そうですか。失礼ではありますが、小花さんも具合があまり良くないように見えます。大丈夫ですか？」

しばらくの沈黙を経て、ポツリと溢すように彼女が言葉を床に落とした。

「桜井先生。私、あかりと向き合うのが怖いんです。自信がないんです。この場で言うことではありませんが、どうしても向き合えない自分がいるんです」

自分もあかりを傷つけた当事者ではあるけれど、この発言に怒りが体の中から迸るのを感じた。何を言ってんだ。あんた親だろう。そう思うと、柏木さんから聞いたあかりの過去が、脳内を駆け巡り怒りの感情に結びつく。

この人が幼少期のあかりに過度のプレッシャーを与え、追い込んだ。その後もあかりの様子から察するに、家庭内であかりと融和していたとは考え辛い。そして今、目の前であかりと向き合うのが怖いと宣っている。

ロビーの雑多な音が、僕の感情を前へとせき立てる気がした。どの口で言うのかとは思うけれど、何か言わないと気が済まず、僕は半歩前に出た。それに気づいたのか、桜井先生が僕の左肩にそっと手を置いて制止した。桜井先生の方を向くと、いつもの柔らかな微笑を浮かべていた。桜井先生はゆっくり、そして小さく首を左右に振ると、また視線を彼女に戻した。

「小花さん。それが普通ですよ」

彼女は初めて虚ろな表情を崩し、困惑したような、安心したような、多くの感情の混交した表情を浮かべて桜井先生を見上げた。その目は潤みを帯びていた。

「普通？　私は親なのに、あの子と向き合うことから逃げているんですよ？　自分があの子にしてしまった罪を償う方法もわからなくて、勝手に悩んで、一番あの子が辛いのに自分が辛いような気持ちになって、向き合うことから逃げているんです。考えるふりをして、逃げているんです。これのどこが普通なんです。私は親なのに。親なんですよ！」

その言葉の全てが、自身に言い聞かせているようだった。ほんのり怒気をちらつかせた口調で、縷々と反論する彼女は、それでもどこかで救いを求めているような、哀願に似た雰囲気を桜井先生にぶつけていた。目の一層潤むのが見てとれた。桜井先生は視線を外さない。

「小花さん。親になったからといって、立派な人間になれるわけではないですよ。教師もそうです。教員免許を受け取りその職務に従事できるようになっただけで、立派な人間になったわけではありません。私もあなたも、まだ学んでいる最中なんです。困難から逃げ出したくなる時もある。悩む時もある。落ち込むこともある。それでいいんです。まだ私たちは未熟なんですから。親だからどうこうではありません。あなたは、あかりさんに何をしてあげたいですか？　それを純粋に考え、正直に行動すればいいんです」

彼女の両目から、雫が頬を伝った。「先生、私は……」という言葉を遮るように桜井先生は言葉を続けた。

「もちろん、あなたが過去にあかりさんにした行動は、決して褒められたものではありません。許されるものでもありません」

彼女の頬が強張った。頬を伝う雫の速度が、緩やかになった気がした。

「しかし、その一点だけを見てはいけません。記憶の中をよく探してみてください。あかりさんが、心からの笑顔を見せていた瞬間があるはずです。あなたと笑い合った瞬間があるはずです。あかりさんもきっとそれを覚えています。あなたはたった一人の、彼女を守ってきた素敵なお母様なんですから」

彼女は、両手で顔を覆った。声にならない嗚咽が小さく響く。周りに座っていた人たちが、何人か心配そうにチラ見している。桜井先生の優しげな横顔を見る。すごい人だと、心の底から思った。

桜井先生の言葉は、綺麗事だと思われるかもしれない。けれど、綺麗事と向き合えるほど、人は強くないのだと思う。現実と綺麗事を無理矢理結びつけ、折り合いをつけ、自分の弱さを肯定する。この世はそんなに簡単じゃないとか、そんなのただの理想だとか、一見悟っているふりをして、自分と向き合うことから逃げているだけだ。綺麗事と向き合う桜井先生の体は、とても分厚い気がした。

彼女の嗚咽が止むのを待った後、桜井先生が僕の方を向いて、真剣な眼差しで言った。何となく、職員室で指導されるような気持ちになった。

「矢崎くん。私はここにいるから、君は小花くんの所に行きなさい。病室は六三七号室だから」

「ありがとうございます。桜井先生」

桜井先生は頷く。

「行っておいで」

ピンク色の撫子

六三七号室。病室の前に立って、僕は深呼吸した。室内から、看護師さんと思われる声が近づいてくる。「じゃあ、また後で来ますね」と目の前までその距離が近づくと、扉が静かに開けられた。「きゃっ」と看護師さんが僕の姿を認めて驚く。当然だ。僕も緊張して仁王立ちしていたから、尚のことだろう。僕は慌てて謝罪し、お見舞いに来たことを伝えると、看護師さんが安堵の表情を浮かべた。そして、看護師さんの後ろから「颯斗くん……？」と震える声が聞こえた。看護師さんはにこやかに会釈して、ゆっくり病室を出ていった。

病室の奥では、あかりがベッドの端に座ってこちらを見ていた。僕の母は、よく病室に行くと寝ている姿を見せまいと、座って僕を待っていた。病院着を纏うあかりは、いつもより小さく見えた。その姿に、僕の脳内で母の姿がちらつく。

僕は俯きながらあかりに近づいた。あかりは勢いよく僕の服を掴み、僕を見上げながら、目にいっぱいの涙を湛えながら、震える声で叫んだ。

「颯斗くんごめんね！　ひどいことしてごめんね！　許してなんて言えないけど、本当にごめんね！　私、私ずっと怖かったの。小さい時にうつ病って言われて、診断されても余計に自分がなんだかわからなくなって。自分が自分の中でいなくなってしまう気がして。私はうつじゃない。私は変じゃない。普通なんだって、そう思うほどもっとわけがわからなくなって。ごめんね。本当は人といるのが怖くて。自分を制御できないことが怖くて。無理にすごく元気なふりして……ごめんね。理解できないよね。本当にごめんね。颯斗くんを傷つけてごめんね」

僕はあかりの手を解いて、強く握った。

「違う。お願いだから、自分をそんなに追い詰めないで。謝るのは俺の方だから。あかりの病気のことは、実は柏木さんから聞いてたんだ。勝手に知ってごめん。だからこそ、あかりのために撫子を描こうと思った。あの日と同じ、ピンク色の撫子の花。力になりたいと思った。なのに、俺はいざって時にあかりから逃げた」

あかりは涙でいっぱいの目で、僕を見つめている。

「本当にごめん。あかりは、本当に素敵な人だから。あかりと出会って、その笑顔を見る度に心が軽くなった。あかりは俺を救ってくれたんだ。両親が死んで、自分は不幸だって勝手に塞ぎ込んで。そんな俺を叱るみたいに救ってくれたんだ。あかりは誰よりも優しい人だから。だから、自分をそんな風に追い詰めないで」

あかりは僕の手ごと自分の腕を引いて、胸に押し当てた。彼女の急速な心臓の律動が、徐々に落ちていくのがわかった。あかりは俯いている。ズボンに彼女の涙が落ちて、まだらに模様をつけていく。日の光が、何ものにも遮られず、室内に差し込んでいる。

「でも、私、こんな不安定なんだよ？」

「うん」

「いつまたおかしくなるかわからないんだよ？」

「うん」

「うつ病、治らないかもしれないんだよ？」

「治そうなんて思わなくていい。あかりがそのままだって、俺はいい」

自分が大切な人に何をしてあげたいか。それを素直に考える。そして、行動する。人生は、その積み重ねで形を成していく。

「あかり、一つ聞いてもいいか？」

「え？　うん」

「ずっと側にいていいかな」

あかりの手を、僕は強く握り直した。

「側にいてくれるの？」

「あかりがいいなら、何があっても離れない。俺がいる」

あかりは泣いた。ひたすら泣いた。「私は颯斗くんが好き」と、泣きながらあかりは言った。「俺もだ」と、僕は答えた。そして、あかりを抱き締めた。あかりはしばらく声を出して泣き続けた。差し込む日の光が太くなって、僕たちを優しく照らした。それは、心地よい暖かさを帯びている。窓辺に置かれた二輪のピンク色の撫子の絵が、僕の視界に映り込んだ。外は、霜日和だった。

冬の冴えた風に少しの温もりが混じり、春の兆しを感じる時分になった。

「颯斗くん！　早くー！」

あの日、僕とあかりが話した後、桜井先生があかりのお母さんを連れて病室に来た。あかりのお母さんは彼女を抱き締め、嗚咽しながら、謝罪の言葉を絞り出すように口にしていた。桜井先生は和也と香取さんに病気のことを勝手に話したとあかりに伝え、深く謝っていた。桜井先生がどんな思いでその行動をとったのかを、あかりはすぐに理解したのか、責めるどころか「先生、本当にありがとうございました」と、笑顔で言った。

そして、家では親子の会話が増えたそうだ。そのおかげかどうかはわからないけれど、あかりは以前より感情の起伏が緩やかになったと思う。笑顔に潜む薄暗い影も、今ではほとんど感じない。でも、決して完璧ではない。それでいいんだ。

「ごめんごめん」

「何考え込んでたの？　港町公園、もう少ししたら混み始めるんだから！」

前と同じ、透けた薄めのジャケットを羽織り、若緑色のワンピースを着たあかりを、通りすぎる人が全員一瞥していた。

「ごめんって。ああそうだ。帰り、なでこに寄る？　桜井先生、今日はお店開けるって言ってたよ」

「え！　本当に？　行こう！　あ、公園の前にこないだコンビニできたんだよね。そこで唐揚げ買っていこう！」

「なんで唐揚げなん……？　差し入れならもっといいものあるでしょ」

あかりは、いたずら好きの子供みたいな笑みで、僕を見つめる。

「ふふふ。親花祭の絵を頼まれた時にした約束、覚えてないの？　お詫び唐揚げ！　結局あの後バタバタして果たされてなかったからね！」

「いつの話してんの。そんな約束、とっくに時効でしょ」

あかりの髪先が、嬉々として春風にそよぐ。「時効なんかありませーん」と、あかりは笑いながら僕の手を握った。それが継ぎ目となって、あかりと過ごした記憶が僕の中へ流れ込む。記憶の中で、撫子の花が咲き溢れる。色はピンク。その華やいだ記憶は大きな舵輪となって、僕を強く、歩ませてくれた。

〈著者紹介〉
坪井 聖（つぼい さとし）
1992年神奈川県生まれ。明治学院大学文学部英文学科卒。

なでしこの記憶《きおく》

2025年3月21日　第1刷発行

著　者　　坪井 聖
発行人　　久保田貴幸

発行元　　株式会社 幻冬舎メディアコンサルティング
〒151-0051　東京都渋谷区千駄ヶ谷4-9-7
電話　03-5411-6440（編集）

発売元　　株式会社 幻冬舎
〒151-0051　東京都渋谷区千駄ヶ谷4-9-7
電話　03-5411-6222（営業）

印刷・製本　中央精版印刷株式会社
装　丁　　稲場俊哉

検印廃止

ISBN 978-4-344-69262-6 C0093
幻冬舎メディアコンサルティングＨＰ
https://www.gentosha-mc.com/